講談社文庫

難航

交代寄合伊那衆異聞

佐伯泰英

講談社

目次

交代寄合伊那衆異聞

難航

◆『難航――交代寄合伊那衆異聞』の主要登場人物◆

座光寺《ざこうじ》藤之助《とうのすけ》為清《ためすが》　信州伊那谷《いなだに》千四百十三石の直参《じきさん》旗本・交代寄合衆《こうたいよりあいしゅう》座光寺家の若き当主。信濃一傳流《しなのいちでんりゅう》の遣《つか》い手。伝習所教授方として赴任した長崎で異国に触れる。

高島玲奈《たかしまれいな》　長崎町年寄《まちどしより》・高島了悦《りょうえつ》の孫娘。藤之助と上海に密航。〝黙契《もっけい》の妻〟となる。

文乃《あやの》　座光寺家江戸屋敷に奉公。武具商甲斐屋《かいや》佑八《すけはち》の娘。藤之助の帰郷に同行。

片桐朝和神無斎《かたぎりあさかじんむさい》　伊那の座光寺家の陣屋《じんや》家老。藤之助の剣の師で信濃一傳流の奥傳《おうでん》を授けた。

古舘光忠《ふるたちみつただ》　座光寺家家臣。重臣片桐朝和の甥《おい》で、後継と目されている。

内村猪ノ助《うちむらいのすけ》　座光寺家家臣。山吹《やまぶき》陣屋一の鉄砲撃ち。田神助太郎《たがみすけたろう》とともに藤之助に随行《ずいこう》。

おきみ　藤之助の幼馴染《おさななじみ》。祖母のさと婆《ばあ》は茸《きのこ》取りの名人。

陣内嘉右衛門《じんないかえもん》　老中首座堀田正睦《ほったまさよし》配下の年寄目付《としよりめつけ》。藤之助の技倆《ぎりょう》をよく知る。

椚田太郎次《くぬぎだたろうじ》　長崎江戸町惣町乙名《そうまちおとな》。藤之助のよき支援者。

バッテン卿《きょう》　英吉利《イギリス》人貴族。長崎では剣も交え、藤之助とは旧知の仲。

タウンゼント・ハリス　亜米利加《アメリカ》総領事。日米間の条約締結、将軍徳川家定《いえさだ》への謁見《えっけん》を望む。

ヘンリー・ヒュースケン　ハリスの通詞《つうじ》をつとめる阿蘭陀人の若者。藤之助と同世代。

井上清直《いのうえきよなお》　下田《しもだ》奉行。中村時万《なかむらときかず》とともに、玉泉寺《ぎょくせんじ》に駐在するハリスとの交渉にあたる。

後藤駿太郎《ごとうしゅんたろう》　京の茶道具の老舗《しにせ》後藤松籟庵《しょうらいあん》の跡取り。文乃との婚儀が決まっている。

陽炎源水高晃《かげろうげんすいたかあき》　心形刀流《しんぎょうとうりゅう》最高目録の取得者。伊那谷に潜入し、藤之助をつけ狙う刺客。

井伊直弼《いいなおすけ》　開国派の堀田正睦らと対立する江戸城溜間詰《たまりのまづめ》派の主導者。彦根《ひこね》藩主。

第一章　陣屋《じんや》の初夏

一

　南信濃《みなみしなの》の骨格を形成するのは峨々《がが》たる赤石《あかいし》山脈であり、天竜川《てんりゅうがわ》という動脈を諏訪湖《すわこ》に水源を発する生命《いのち》の水、血が滔々《とうとう》と流れる。そして、その伊那谷《いなだに》の中央に位置する山吹《やまぶき》領は伊那谷の魂だった。

　高熱に魘《うな》されながらも藤之助《とうのすけ》の脳裏を乳白色の時が過ぎていく。走馬灯《そうまとう》のように伊那谷の四季折々の風景がくるくると姿を見せては消えていくのだ。

　不意に景色が消えた。

　山吹陣屋《じんや》に辿《たど》りついた座光寺《ざこうじ》藤之助はそのまま意識を失い、寝込んだ。

　大目付宗門御改与力町村欣吾《おおめつけしゅうもんおあらためよりきまちむらきんご》の放った矢の鏃《やじり》には毒でも塗られていたか、高熱を発して四日三晩浮かされることになる。射抜かれた左太腿《ふともも》が大きく腫《は》れて見るからに熱を持っていた。

その間、江戸からきた文乃《あやの》を含めて座光寺一族は山吹神社に籠《こも》り、領主の平癒祈願の祈禱《きとう》を続け、領民らは伊那谷に生《は》える薬草を練り合わせた毒消しをあれこれと持ち寄って治療に当たった。

四日目、陣屋上げての治療が効いたか、藤之助の熱が下がり、荒い息遣《いきづか》いも平静に戻った。

その後、昏々《こんこん》とした眠りに就いた。

陣屋家老の片桐朝和《かたぎりあさたか》は平熱に戻ったとき、

「藤之助様のお命、伊那谷がお救い申した」

と快癒を宣告し、陣屋内に平静に戻るように命じた。

山吹に帰領して八日目未明、藤之助は意識を取り戻した。

陣屋内は昼夜を分かたぬ藤之助の治療に全力を尽くして草臥《くたび》れ果てたか、眠りに就いていた。また有明行灯《ありあけあんどん》も菜種《なたね》油が切れて消えたか、寝間を漆黒《しっこく》の闇が包んでいた。

藤之助は闇に抗して目玉を大きく開いた。

闇にも濃淡があることを識別したとき、

（生きておる）

と思った。

不寝番《ふしんばん》の若侍相模辰治《さがみたつじ》の眠りを妨げぬように身を起こすと寝巻を脱ぎ捨て、乱れ箱にあった平服にそっと着かえ、枕元に置かれてあった大小の内、脇差《わきざし》と木刀を手に陣屋を出た。

外に出れば星明かりがあった。

山吹陣屋のあちらこちらに石清水が湧《わ》き出していた。その一つに口を付けてたっぷりと飲んだ。

ごくりごくり
と喉《のど》が鳴る度《たび》に乾ききっていた体の細胞が潤っていくのが分かった。

藤之助は暗黒の山吹領の台地から街道を横切り、河原に下り、天竜の流れの縁《ふち》に立った。

大きく息を吐き、吸った。

冷気が藤之助の胸を満たした。未《いま》だ熱に浮かされたときのまま仮死していた細胞が目覚めた。

大きな岩場に這《は》い上がった藤之助の目に、流れに頭を出した岩に当たって砕ける白波が見えた。

胡坐《あぐら》をかくと瞑想《めいそう》した。

闇の伊那谷に天竜のせせらぎだけが響いていた。

天竜の流れの向こうに南から氏乗山《うじのりやま》、鬼面山《きめんざん》、白沢山《しらさわやま》など伊那山脈が走り、さらにその背後に海を抜くこと一万余尺の峰々、赤石岳、塩見岳《しおみだけ》、白根山《しらねさん》連峰、仙丈ヶ岳《せんじょうだけ》の赤石山脈が巨大な屛風《びょうぶ》のように屹立《きつりつ》しているはずだった。

だが、未明の闇に隠れていた。

また背後には越百山《こすもやま》、仙涯嶺《せんがいれい》、南駒ヶ岳《みなみこまたけ》、赤椰岳《あかなぎだけ》、空木岳《うつぎだけ》、東川岳《ひがしかわだけ》の木曾《きそ》山脈が重畳《ちょうじょう》たる伊那谷の西の砦《とりで》として聳《そび》え立っていた。

どれほど瞑想の刻《とき》が過ぎたか。

藤之助は両眼を見開くとすっくと立ち上がった。

天竜に朝の兆候があった。東の雲を割って日輪が昇る気配が見えた。

流れに薄い朝靄《あさもや》が棚引いていた。

藤之助は木刀を天に向かって立てた。

臍下丹田《せいかたんでん》に力を込めた。

風が鳴り、鳥のさえずりが響いた。

きええいっ！

裂帛《れっぱく》の気合いが谷に響き、山並に木霊《こだま》した。

藤之助は立っていた岩場から流れに頭を出した岩へと飛び、岩に着地すると同時に木刀を振り下ろして大気を両断していた。だが、次の瞬間には斜め右手に孤立する岩場へと飛び移り、木刀を振るっていた。

天竜川の流れは藤之助にとって天然の道場だった。物心ついた頃から水と親しみ、岩を遊び場にして日がな一日過ごしてきた場所だった。どこにどのような岩場があって、奔流《ほんりゅう》がどう変化するか、すべて藤之助の体に刻み込まれていた。

高熱に力を失い、弱った体に天竜の水飛沫《しぶき》と赤石岳から吹き下ろす風が英気を授けてくれた。

藤之助の動きが軽やかになり、律動が生じて、振り下ろす木刀の動きに切れが戻った。

広い河原と流れを自由自在に使って藤之助の長軀《ちょうく》が垂直に飛び上がり、虚空に円弧を優美にも描いて舞い、岩場で反転して斜め後方へと飛び下がった。

「おおっ、藤之助様が元気になられたぞ」

野良《のら》仕事に出る領民が天竜河原を飛び回る藤之助を見て呟《つぶや》き、

「肥前《ひぜん》長崎に天狗《てんぐ》修行に行かれたのじゃろか」

と首を捻《ひね》った。

藤之助が河原で飛び回っておるとの報は直《す》ぐに山吹陣屋に知らされた。

文乃が寝所に駆け付けると相模辰冶が、

「気が付かぬことで」

と狼狽《ろうばい》した。

文乃は脱ぎ捨てられた寝巻を見て、

「相模様、もはや藤之助様の矢傷は本復なされました。案じることはございません」

と諌《いさ》め、

「河原に天狗様の飛び具合を見物に参りましょう」

と誘った。

陣屋家老にして藤之助の師の片桐朝和神無斎《じんむさい》は、藤之助の河原稽古《げいこ》を聞いて、

「伊那の空気が藤之助様の体を蘇生させたようじゃな」

と笑みで応じて書院の火鉢の前から動こうともしなかった。

文乃らは河原の土手に立つと、独り無心に流れに遊ぶ藤之助を見て、言葉に窮《きゅう》していた。

「もはやあのお方は本宮《ほんぐう》藤之助ではないぞ。確かにわれら座光寺一族を率いる棟梁《とうりょう》座光寺藤之助為清《ためすが》様じゃあ」

と年かさの家臣が洩《も》らした。

文乃の傍《かたわ》らの相模辰冶が呆《あき》れ顔で、

「なんということか」

「どうなされました、相模様」

「牛込御門《うしごめごもん》外の屋敷の野天《のてん》道場で飛び跳ねておられた藤之助様を驚嘆の目で見ておりましたが、どうやら藤之助様は江戸屋敷の道場では不自由を感じておられたのですね。江戸の道場はせいぜい六十余坪ばかりでしょうか、それに比べ天竜川の河原は何千畳敷もございますよ」

「相模様、藤之助様の度量はこの天竜の河原道場でも狭《せも》うございますよ。長崎で上を下への大騒ぎを巻き起こされたとお聞き致しましたが、いかにも藤之助様ならではのご活躍です」

文乃もまた藤之助が長崎に行く前と戻ってきた後では別人のように変わっていることに気付いていた。

なにか藤之助の心身に変化が生じていた。

それがなにか文乃には判断がつかないでいた。

江戸から同行してきた用人格の彦野《ひこの》儀《ぎ》右衛《え》門《もん》が言葉もなく藤之助の独り稽古を見詰める一族の傍らにきて、

「もはや藤之助様はあのように本復なされた。そなたらも朝稽古に努めねば藤之助様にお叱《しか》りを受けようぞ」

はっ、と若い家臣たちが土手から山吹陣屋の道場へと走り戻っていった。

土手に残ったのは文乃と儀右衛門だけだった。

「文乃、なにがああ藤之助様を駆り立てておいでだ」

「私にお尋ねですか」

「そなたは藤之助様が胸襟《きょうきん》を開いて話し合えるただ一人の奉公人ゆえな、尋ねてみた」

「彦野様はどうお考えになられます」

「まずは長崎での体験であろう。それがしには想像もつかぬが異国の力かのう」

儀右衛門は、藤之助が甲冑蔵《かっちゅうぐら》で先祖伝来の鎧《よろい》兜《かぶと》の鉄砲《たま》殺しを異国製の連発短銃で粉々に撃ち砕いてみせた光景を脳裏に刻み込んでいた。

藤之助が放った銃弾は、すでに鎧兜での戦《いくさ》など時代遅れということを明確如実に告げたのだ。

「江戸から多くのお武家様方が長崎に参られるそうな」

「長崎はただ一つ異国に向かって交易を許された直轄地《ちょっかつち》ゆえ、幕臣の方々が交代で下向されると聞いた。また南蛮異国の諸々《もろもろ》の技術や薬や物品が渡来してくるゆえ、蘭学を学ばれるお医師や渡来物を扱う商人たちが長崎に滞在しておるとも聞いた」

「その方々はやはり藤之助様のように長崎逗留《とうりゅう》の後、別人となって江戸に戻って参られるのでしょうか」

「さあてどうかのう」

二人の視線の向こうで藤之助が狂気に憑《つ》かれた者のように独り稽古に励んでいた。

「いつ果てるとも知れぬで、それがしは先に陣屋に戻っておる」

と儀右衛門が土手から去っていった。

朝の光が天竜の流れに差し込み、藤之助の跳躍を浮かび上がらせた。

不意に藤之助が動きを停止した。

藤之助の視界に旧暦四月下旬の伊那谷が映じた。

対岸に山桜が淡く彩りを見せていた。さらに目を転じると花桃《はなもも》、辛夷《こぶし》が咲き乱れ、さらに畑地に視線を移すと菜の花、蓮華《れんげ》と百花繚乱《ひゃっかりょうらん》の彩りを見せて、鳥のさえずりが絶え間なく聞こえてきた。

(生き返ったわ)

藤之助は故郷の山並や河原や畑地の光景を目にして改めて思った。

長崎で斃《たお》した大目付宗門御改大久保純友《おおくぼすみとも》の恨《うら》みが籠った鏃が藤之助を死の淵へと追いやった。だが、伊那谷の自然が藤之助を蘇生させた。

もう一度対岸の景色に目をやると岩場を飛んで河原に戻った。すると土手の上に文乃が独り佇《たたず》んでいたが藤之助を迎えるように水辺まで下りた。

「文乃、介護をさせたようじゃな。それがし、何日床に就《つ》いておった」

「伊那の陣屋に到着して八日目の朝にございます」

「どうりでのう、腹が減った」

「呆れた」

と文乃が応じて、思わず涙を零《こぼ》しそうになった。

「文乃、人というものはそうそう簡単には死にはせぬものよ」

藤之助が文乃の胸の内を読んだように答えていた。

文乃が手拭《てぬぐ》いを差出し、藤之助がそれを受け取ると流れの水で顔を洗って手拭いで拭った。

二人は土手を上がり、山吹陣屋への坂道を上がっていった。

「藤之助様、れいな様とはどなたにございますか」

「それがし、玲奈《れいな》の名を口にしたか」

「はい」

「そなたの他にだれぞその名を聞いた者はおるか」

藤之助の念頭には座光寺家の老女およしのことがあった。

「私一人が看病しておりますとき、そのお名を何度もお呼びになられました」

「文乃、それがしとそなたの秘密とせよ」

「誓って」

「高島《たかしま》玲奈はおれの嫁女《よめじょ》じゃ」

文乃が目を見開いて藤之助の顔を見上げた。

「長崎で祝言《しゅうげん》を挙げられましたか」

「文乃、玲奈とおれが二世《にせ》を誓い合ったことを長崎の大半の人々は知らぬ」

「二人だけで世帯をお持ちになりましたか」

二人はゆっくりとした歩調で伊那街道を横切ろうとした。するとすでに野良仕事に

出ていた老婆と男衆が藤之助に気付き、

「為清様」

と驚きの声を発するとその場に土下座して、額《ひたい》を畑に擦《こす》り付けた。重臣や土地の古老にとって座光寺の棟梁は藤之助ではない、為清だった。

「おおっ、さと婆《ばあ》と季十《きじゅう》か。息災の様子、なによりである」

藤之助は二人の前にしゃがむと話しかけた。

季十は藤之助の幼馴染《おさななじみ》にして遊び友達のおきみの父親だ。そして、さとは季十の母親だ。

藤之助にとって自らの親同然の、敬うべき二人だった。が、本宮藤之助が運命に従い、座光寺家の当主藤之助為清と変わった以上、身分の上下関係が生じていた。

藤之助が過去に拘《こだわ》ることなく臣下の関係を示さねば、交代寄合《こうたいよりあい》伊那衆の座光寺一族は存在理由を失う。領地山吹に戻れば藤之助は一族の棟梁である、その覚悟は江戸を出るときから決めてきた。

だが、藤之助がさと婆の伊那の土が染み込んだ皺《しわ》だらけの手を握ると老女は、

「為清様、矢傷を負うて床に伏せっておいでと聞きましたが、本復なされましたか」

と土下座したまま問うた。

座光寺一族は徳川直参《じきさん》旗本でも百姓でもない。

棟梁を頂点にして山吹を領地に結束し、一旦《いったん》事が起きれば鋤鍬《すきくわ》を捨てて伝来の刀を取り出し、槍を携えて戦列に加わった。それだけに領主を敬う思いは確固として強かった。

「心配をかけたな、もはや案ずるでない」

「祝《しゅうちゃくしごく》着至極にございます」

「為清が参勤下番《さんきんかばん》した祝いを近々催す。一堂に会して祝おうぞ」

「有難きお言葉にございます」

うーむ
と応じた藤之助が立ち上がり、待たせたな、と呆然《ぼうぜん》として言葉もない文乃を誘うと再び山吹陣屋への坂道を上がり始めた。あちらこちらの田圃《たんぼ》から領民らが土下座して藤之助を迎えた。その中には藤之助が物心ついたときから共に天竜の流れで水遊びし、伊那の山に入って駆け回った朋輩《ほうばい》もいた。だが、安政《あんせい》の大地震後に一族を襲った、

「主交代《あるじ》」

によりその関わりは一変していた。

「文乃、江戸生まれのそなたには考えもつくまい。これが交代寄合伊那衆の主従の交わりぞ」

「驚きました」

文乃は初めて領民と領主の主従関係を目《ま》の当たりにして驚愕《きょうがく》していた。

「おれはつい一年半前まで座光寺一族の長《おさ》に会《お》うたとき、額を伊那の土に擦り付けて臣下の礼をとらねばならない身分であった」

文乃ががくがくと頷《うなず》いた。

安政の大地震の数日後、伊那谷山吹領から江戸牛込御門外の江戸屋敷まで藤之助が不眠不休で駆け付けたとき、文乃は出迎えた一人だ。藤之助が、

「本宮藤之助」

と呼ばれる家来の一人であることを承知していた。そして、その後、座光寺家に婿《むこ》入《い》りして当主の座に就いていた左京《さきょう》為清を誅《ちゅう》して、

「座光寺左京為清」

と名乗り、さらには十三代将軍徳川家定《いえさだ》とお目見《めみえ》をはたして一族の棟梁の座に就いたことも知っていた。むろん藤之助の左京為清殺しは座光寺一族の暗黙の了解事項であり、幕閣は黙認した。

それは徳川幕府の屋台骨をぐらぐらと揺るがす列強各国の開国通商の要求、黒船に代表される砲艦外交への恐怖が背景にあった。

幕閣の一部には二百何十年も安穏とした惰眠《だみん》を貪《むさぼ》ってきた直参旗本、大名諸家、頼みにならずという危機感があり、様々な思惑により座光寺家の主交代も了解されたことであった。

だが、それはあくまで江戸城での事情である。

今、文乃が目の当たりにした現実は、座光寺一族が結束して新たなる主従関係を認めていることを物語っていた。

「伊那に戻られるということはかようなことにございましたか」

「いかにもさよう」

山吹陣屋から剣術稽古の気配が伝わってきた。

「文乃、最前のおれの嫁女の話、一刻や二刻で話せるものではない。そなたには近々時間を作って聞いてもらおう。しばし待て」

頷いた文乃が、

「玲奈様を長崎において参られ、心配はございませぬか」

藤之助の眼差しが西の空を見た。そして、

ふっわっふあ
と笑い、

「文乃、そなたと玲奈なれば話が合おう」

「藤之助様が長崎にて隠れきりしたんと付き合《お》うておると大目付が訝《いぶか》しみ、それもあって藤之助様に蟄居《ちっきょ》の沙汰《さた》が命じられましたが、高島玲奈様がきりしたん信徒でございましたか」

「文乃、相変わらず勘《かん》がよいのう」

「あたりましたか」

「玲奈はきりしたん信徒に満足しておる女子《おなご》ではないわ。じゃが、父はイスパニア人、母は長崎の隠れきりしたんの一信徒衆の女長《おんなおさ》を務めておる」

しばし沈黙していた文乃が、

「藤之助様の長崎滞在、どうやら文乃が想像もできない破天荒《はてんこう》な日々であったようでございますな」

「文乃、われらを取り巻く環境が激変するのはこれからよ、そなたも早晩目にすることになる」

「そんな時代、呑気《のんき》に文乃は嫁などにいってよいものでしょうか」

「心得違いを致すな、文乃。時代が激しく揺れ動く時こそ、夫婦が相和《あい》し家族が結束して事にあたることが大事なのだ。駿太郎《しゅんたろう》どのと文乃にとっても夫婦がすべての行動のよりどころになり、基となるものじゃ。それを忘れると一族も国も滅亡致す」

「文乃には分かりませぬ」

「それがしにも漠然としか見えて来ぬ。じゃが、そう長崎滞在が教えてくれたのだ、文乃」

文乃が頷き返すと藤之助は、山吹陣屋へと駈《か》け戻っていった。

二

山吹陣屋の北隣に泰山《たいさん》神社があった。泰山神社の神官を藤之助の実父の定兼《さだかね》が務めていた。だが、神官が本職ではない。本宮定兼は座光寺一族の下士の一人であり、神職を代々仰《おお》せ付かってきた。

そんな境内の一角、屋根だけが葺《ふ》かれた剣道場と矢場があった。剣道場に壁はなく、土を踏み固めた床だった。

藤之助が物心ついたときから座光寺一族伝来の剣法、信濃一傳流《いちでんりゅう》を修業した場であった。今、二十数人の青年武士と百姓らが裸足《はだし》に竹刀《しない》を持って打ち合い稽古に励んでいた。

藤之助の姿を認めた田村新吉《たむらしんきち》が、

「藤之助為清様、お出まし！」

と叫び、稽古をしていた面々がさあっと左右に分かれて道場の端に片膝《かたひざ》突いて控えた。

道場の北側に陣屋家老の片桐朝和神無斎が床几《しょうぎ》に腰を下ろして稽古を見物指導していた。その左右には筵《むしろ》が敷かれて一族の長老が居流れていた。その一人に藤之助は父の姿を見た。会釈を送った藤之助の視線が信濃一傳流の師でもある片桐に移り、

「朝和、変わりないか」

「藤之助為清様にはもはや本復と拝察致し、祝着至極に存じます」

「心配をかけた」

「七晩を床《とこ》にて過ごされましたな」

「体を休息させるよい機会であったわ」

「鏃に南蛮渡来と思える毒が塗られておりましたゆえ高熱を発せられたと存じます。陣屋に到着した折のことを覚えておられますか」

「いや、天竜の流れをどう越えたかも覚えておらぬ。なんぞふわふわとした雲に包まれて陣屋の坂を馬で上がったような記憶がかすかに残っておる。それがうつつか夢か判断つかぬ」

　頷いた朝和は、

「天竜道場はいかがにございましたかな」

「流れを呑《の》め、山を圧せよ」

「一段と独創の剣、凄みと大きさを増したようですな」

　と朝和が言った。

「江戸から長崎と信濃一傳流が暴れ回ったわ」

「修羅場を重ねられた結果にございましょう」

「朝和、もはや平時の剣修業は終わった。われら座光寺一族、激動の時代に生き残る剣を身に修めねばならぬ」

「朝和が教えた剣は平時の剣にございましたか」

「剣者の心構えは常に戦場に在《あ》り。じゃが、戦《いくさ》が絶えて二百年余、おれも朝和も一族も惰眠を貪って参った。知らず知らずの間に真剣勝負の必死を薄れさせていったかもしれぬ」

「長崎は戦場にございましたか」

「いや、戦前夜、すでに戦いの場は諸処に見られた」

「その戦とは刀槍とは異なりましょうな」

「いかにも。連発銃や長距離砲が主力の戦であった」

「剣はすでに時代に取り残された遺物にございますか」

「朝和、それがし、そうは感じなかった。剣は砲艦重火器の時代にも生き残るとみた」

「連発銃に剣が敵《かな》いまするか」

「そうではない。巨大な砲艦を動かし、大砲を発射するのは人間の意志と力と技である。刀槍で砲艦に立ち向かうことは出来ぬが、砲艦を動かし、大砲を発射する意志を練り上げるには剣の修業がなによりと考えた。剣は大砲の時代にあってますますその重要度を増す。それがしが伊那谷に戻って参った理由の一つよ」

「藤之助為清様、山吹陣屋にはいつまで逗留《とうりゅう》なされますな」

「明日にも江戸から早馬がくるやも知れぬ」

「それほど江戸も緊迫しておりますか」

「徳川幕府がいつ倒れても不思議ではない。その覚悟で皆も生きよ、稽古に励め」

棟梁の宣告に伊那山吹領の家臣たちは驚愕《きょうがく》し、言葉を失った。

「われら一族、混乱の時に身を処するを誤ってはならぬ。幕府が倒れようとわれらは生き抜く」

若い棟梁が明瞭に一族の行き方を告げた。

「ご指導を」

と朝和が願った。

「よかろう」

藤之助の返答に朝和が家臣の名を次々に上げた。

座光寺一族の中でも朝和神無斎が鍛え上げてきた強者《つわもの》であった。むろん藤之助はその十人すべてを承知であった。六人が藤之助より年長で、信濃一傳流を二十年以上も修業してきたものばかりだ。

一騎当千の面構えで立ち上がった面々を藤之助が見渡し、

「総がかりとせよ。もし藤之助の身にそなたらの竹刀が触れたなれば、長崎土産を進呈致す」

おおっ
というどよめきが起こった。

「岩峰作兵衛《いわみねさくべえ》、そなたら十人という数を恃《たの》んで気を抜けばたちまち藤之助為清様に打ち崩されよう。しっかりと連携《れんけい》を保ち、策を立ててかかれ」

と朝和神無斎が命じた。

「はっ」

と畏《かしこ》まったのは座光寺一族の番頭、武官の頭《かしら》だ。作兵衛が残りの九人を集めて策を凝《こ》らした。

その間、藤之助は定寸より長めの竹刀を選んで素振りを繰り返していた。

「親父どの、どうじゃ、倅《せがれ》に一年半ぶりに会うた感じは」

と本宮定兼の隣に座った年寄菅権六《すがごんろく》が聞いた。

「権六どの、あのお方は倅ではないわ。座光寺藤之助為清様じゃぞ」

「それは分かっておるわ。じゃが、倅の藤之助に違いはあるまい」

「いや、別人じゃぞ。そう感じた」

と定兼が素振りを静かに繰り返す人物を見た。

「どこが違うか」

「違うと申せばすべてが違うわ。それがし、初めて会う方を見ている気が致す」

「そうかのう」

岩峰作兵衛を中心にした輪が解けた。

「ご家老、お待たせ申した」

四人が藤之助の四方に立ち、囲んだ。その四辺の真ん中より後ろにそれぞれ四人が控えた。八人の、

「人の檻《おり》」

に藤之助は囲まれたことになる。

残ったのは岩峰作兵衛と白神正太郎《しらかみしょうたろう》の二人だ。まず座光寺一族の中でも二人が双璧《そうへき》の実力の持ち主と考えられていた。藤之助とはむろん幾度も竹刀を交えた仲だ。だが、藤之助は信濃一傳流に自らの創意を加え始めた頃から、先輩諸氏と稽古をすることを控えて、青天井の天竜河原で独り稽古を積むことが多くなり、ためにこの三、四年打ち合い稽古をした覚えがなかった。

二人は遊軍か、いや、主勢力か、奇妙な四角の東西に立ち、

「藤之助為清様、参る」

と岩峰作兵衛が宣告し、奇妙な人垣の中に入ってきた。すると八人が作る四角の人垣が二回りほど大きく膨《ふく》らんだ。

岩峰と白神は藤之助の前後に立った。

正面には岩峰がいて、竹刀を正眼に置いた。

背後の白神の構えは藤之助には判断がつかない。

静かに藤之助の竹刀が上がり、屋根を抜けて天を衝《つ》いた。

「流れを呑め、山を圧せよ」

信濃一傳流の基となる構えだ。

藤之助が竹刀をぴたりと静止させたとき、長老方の間から静かな呻《うめ》き声が洩れた。

山吹陣屋の人間にとって見慣れた構えだった。

だが、藤之助が置いた構えは、これまでだれもが見たこともないほど大きく、ゆったりとしたものだった。

「おうっ!」

と岩峰作兵衛が構えに抗して気合いを発した。

藤之助の両眼が静かに閉じられた。

「なんと」

岩峰は思わず驚きの声を洩らしていた。

正眼の竹刀を引き付け、無音の気合いを発して踏み込んだ。それが主従の戦いの切っ掛けになった。

だが、勝負はあっけなくも見物人が瞬《まばた》きする間もなく決着していた。

岩峰の踏み込みに合わせて藤之助の身が流れ、天を衝く竹刀が岩峰の鉢巻《はちまき》をした額を叩《たた》き、その場に押し潰《つぶ》した。さらにくるりと藤之助が回転したかと思うと、ばたばたと四角を形作っていた家臣団の人垣が倒れ、最後に白神が倒れる仲間の体を縫って藤之助に竹刀を振るったように見えたが、どこからどう打撃が届いたか、胴を打たれた体《てい》の白神が倒れ伏す仲間の外へと大きく転がっていた。

うーむ
見物の多くはなにが起こったのか、理解が付かないまま、呆然自失《ぼうぜんじしつ》として倒れた十人の真ん中にただひっそりと立つ主の姿を眺めやった。

「藤之助為清様」

片桐朝和神無斎の声も震えていた。

「どうした、朝和」

がたん、と音をさせて床几からその場に両膝《りょうひざ》を突いた。

「め、面目次第もございませぬ。片桐朝和神無斎、老いましてございます」

「たわけたことを申すな」

「いいえ、まさかこれほどまでに情けないとは」

「朝和、時代に接した者と伊那谷に潜む者の差である。このようなことで一々驚いていては座光寺一族、波乱の時代を生き抜けぬ」

岩峰らがその場にようようにして起き上がり、正座した。

魂が抜けたか、なにが自らの身に起こったか分からぬ体であった。各々の顔から感情が抜け落ちていた。

「辰治、だれぞを連れて江戸から持参した荷を持って参れ」

藤之助が辰治に命じると見物の列から辰治を含めて三人が飛び出していった。そして、藤之助の寝所に運び込まれていた布に厳重に包まれた包みを二つ運んできた。

藤之助が一つの包みを指した。

西洋長持《ながもち》に玲奈は藤之助に黙って江戸への、

「土産」

を入れてくれていた。

「解《ほど》きます」

辰治が心得て幾重にも包まれた布包みを解くと、個別にさらに布包みされたものが姿を見せた。藤之助が一つを手にすると最後の布を剝《は》ぎ取った。すると黒光りしたスペンサー・ライフル銃が姿を見せた。辰治が心得顔に銃弾を入れた革袋を主に渡した。

藤之助が元込め式のライフル銃に装弾する様子を朝和神無斎以下、じいっと見つめていた。

「内村《うちむら》猪ノ助《すけ》、これへ」

藤之助が対戦した一人の内村を呼んだ。

「はっ」

と主の傍らに寄った家来にライフル銃を突き出した。

「そなた、山吹陣屋一の鉄砲撃ちであったな。試してみよ」

恐る恐る受け取った猪ノ助が、

「それがしに異国の銃を撃てと申されますか」

「一々聞き返すでない」

「はっ、されど初めてにございます」

「銃は銃でしかないぞ、猪ノ助」

藤之助は猪ノ助によく見えるように別のスペンサー銃で操作を見せた。

用心金を兼ねるレバーによって銃床内の筒状弾倉に五十二口径（十三・二ミリ）のリムファイヤー・カートリッジをゆっくりと手順を踏みながら七発装弾してみせた。

「猪ノ助、単発銃ではなく七発装弾した銃弾がレバーと呼ぶ取っ手の動き一つで次々に薬室に送り込まれる。引き金を引けば弾丸が飛び出す。撃った後、用心金を操作すれば二発目の射撃の準備が終わる。猪ノ助、仕組みは分かったか」

「およそ」

藤之助は猪ノ助を剣道場に隣接する矢場に連れていくと、

「撃ってみよ」

と命じた。

見物の全員が矢場に移動してきた。

矢場には稽古用の、藁《わら》を束ねた的《まと》が三つ並んであった。二人が立つ場所から矢場の的まで二十五間、的の径はおよそ一尺から一尺五寸の大きさだった。

猪ノ助はスペンサー・ライフル銃を構え、

「猪《いのしし》撃ちの銃に比べて随分《ずいぶん》と頼りのうございます」

と呟きながら真ん中の的を狙って構えた。

スペンサー・ライフル銃は戦場で携帯し易《やす》いように銃身が短かった。ために一見《いっけん》玩具のように猪ノ助には思えたのかもしれない。

「銃床をぴたりと肩に当てよ。異国の火薬は強いでな、銃床が離れておると衝撃で肩の骨を折るぞ」

はっ、と畏《かしこ》まる猪ノ助の構えを藤之助は直した。

「撃ってみよ」

藤之助の命《めい》に息を止めた猪ノ助が引き金を引いた。すると、
ずーん
と乾いた銃声が伊那谷に木霊して銃口が跳ね上がり、五十二口径の銃弾があらぬ方向、高々と虚空へと飛んで消えた。

「これはどうしたことで」

「銃が小さいので反動が少ないと思うたか。用心金を操作して次の銃弾を薬室に送り込み、肩でしっかりと保持致せ」

猪ノ助が主に命じられるままに銃を操作して二発目を薬室に送り込み、再び的を狙って引き金を引いた。こんどは銃口も跳ね上がらず、銃弾も的の上方の盛土に当たった。

「これは便利かな」

猪ノ助が七発全弾を撃ち尽くし、ライフル銃をしげしげと見た。的には一つとして命中しなかったが、その操作性に驚いた様子だ。

藤之助は辰冶に命じて今一つの包みを解《ほど》かせた。

その間に諸肌《もろはだ》を脱いだ。

見物の衆が藤之助の行動を興味津々《しんしん》に注視していた。

「藤之助様、どちらを」

と辰冶が革鞘《ホルダー》に入ったリボルバーを両手に持って見せた。

「両方を試してみようか」

藤之助は革鞘に入ったスミス・アンド・ウエッソン社製造1/2ファースト・イシュー輪胴式連発短銃《リムファイヤーリボルバー》を左脇下に吊《つ》り、もう一挺《ちょう》のコルト・ウォーカーモデル・リボルバー、俗にホイットニービル・ウォーカーと呼ばれる四十四口径を右脇下に革帯で固定させた。

一挺ずつ装弾を確かめた藤之助は再び革鞘に短銃を戻した。

的に向かって正対した藤之助は、空手で的を狙う動作を繰り返した。

片桐朝和神無斎以下、一族の面々が若き主の一挙一動をひたすら凝視していた。

最前の連射で山吹陣屋の泰山神社の境内には鳥のさえずりも消えて、伊那谷を吹き渡る風の音だけが微《かす》かに響いていた。

だらりと両脇に藤之助の両手が垂らされた。

片桐朝和はかつて弟子であった若者の五体のどこにも無駄な力が入っていないことを見ていた。

両手が胸の前でしなやかな動きで交錯して二挺の連発短銃を抜き取り、両腕を真っ直ぐに伸ばし、銃身を腕と一直線になるように保持すると、引き金を同時に絞った。

凄まじい銃声が重なり合って響いた。だが、それが終わりではなかった。次々に片手操作でリボルバーの引き金が絞られ、二十五間先にある左右の端に置かれた的に向かって二挺の銃口から火閃《かせん》が走り、銃弾が次々に撃ち出され、伊那谷の空気を震わした。

その度《たび》に的が躍り上がるように揺れて木端《こっぱ》微塵《みじん》に砕け飛んだ。さらに二挺の銃口が三つ目の真ん中の的に向けられ、最後の銃弾が発射された。

スミス・アンド・ウエッソンから五発、ホイットニービル・ウォーカーから六発と合計十一発の銃弾の破壊力は凄まじく、的は消えてなくなり背後の盛土にも大きな穴をぽっかりと開けていた。

銃声の余韻《よいん》が尾を引いて伊那谷から海抜一万余尺の赤石岳や、他の嶺々へと昇っていった。

「為清様、これが異国の力にございますか」

片桐朝和が呻くように言った。

「朝和、外国列強の軍勢では兵卒までがかような武器を携帯し、肉弾戦に至れば、銃口の先に付けた短剣で突き合うのだ」

「そら恐ろしい武器にございますな」

「自走式の砲艦に搭載された大砲の威力は江戸城の石垣をも数発で破壊しよう。われらが戦うやも知れぬ敵の軍事力だ」

藤之助は上海《シャンハイ》の実情をつぶさに語り、清国《しん》が陥《おちい》った苦境を告げた。

「われらが取るべき道は間違《まちご》うておりましたか」

「徳川幕府が異国の動静に目を瞑《つむ》り、耳を塞《ふさ》いできた二百五十余年のツケが今、回り回ってわれらの上に降りかかっておる」

「どう致さば宜《よろ》しゅうございますな、為清様」

「軍事力、科学力、商いの規模、医学、すべての面において彼我《ひが》の差は歴然としておる。それを黒船来航で見せ付けられたはずの幕閣の中では未だそのことを認めようとなさらぬ方々が大半を占めておられる。それがしは長崎を見て、確信致した。彼我の差を埋めるためにわれらは臥薪嘗胆《がしんしょうたん》してこれまでの何倍もの努力を為《な》さねばならぬ」

「藤之助様、間に合いまするか」

田村新吉が苛立《いらだ》つような口調で聞いた。

「間に合わねば外国列強の属国に堕《お》ちようぞ、清国上海と同じようにな」

「藤之助様は上海をご承知ですか」

白神が問うた。しばし沈思した藤之助が、

「短い期間ながら逗留致したゆえ承知じゃ」

静かな驚きの声が上がった。

藤之助は手にしていた二挺のリボルバーを革鞘に戻すと袖《そで》に腕を入れた。

三

女衆が握り飯と味噌汁を剣道場まで運んできた。

座光寺一族の家臣団は藤之助と片桐朝和を囲んで車座になり、握り飯を頬張《ほおば》りながら藤之助の、長崎、上海事情に聞き入った。

藤之助の主殺しと当主襲位は、一族の長老と一部幹部の了解事項だった。その事実を知らされた山吹陣屋の者たちは、高家《こうけ》肝煎《きもいり》の品川《しながわ》家から養子に入った左京為清の、一族を顧《かえり》みない遊興と大酒に危機感を抱いていたから、

「下剋上《げこくじょう》」

を認めた。

新しく主の座に就いた藤之助為清の口から報告されたのは、徳川幕府と一族の命運を左右されかねない驚愕の国際事情だった。

だれもが藤之助が経験した長崎体験に言葉を失っていた。藤之助の体験が荒唐無稽《こうとうむけい》のものでないことは、藤之助が持参した異国の最新の銃器が示していた。

「……最後に今一度申し伝えておく。それがし、清国上海の一端を垣間見て、剣の修業の必要性を改めて認識致した。外国列強の巨大な砲艦を操船し、大砲や鉄砲を撃つのは畢竟《ひっきょう》人の意志と判断じゃぞ。混乱の戦場で平静を保つのは至難の業《わざ》じゃ、じゃが剣を修業し、生死の境を見てきたものには、平常心は備わっておる。剣の修業は技を磨くと同時に平常心の会得《えとく》でもある。片桐朝和、それがしの考えは間違うておろうか」

と藤之助が老師を振り見た。

しばし片桐の口から言葉が洩れなかった。

「為清様、そなたはわれら一族を伊那に残して遥かなる旅をなされてこられた。われら一族が為清様のなした行動と考えに付いていけるかどうか、老いた兵には自信がござらぬ。じゃが、為清様の下に一族が結集せねば、われら一族滅びていくことをこの朝和神無斎、承知してござる。為清様が最後に申されたこと、剣の修業が激動する時代に要《い》るとあらば、われらが修業は間違いでなかったかといささか安堵《あんど》致しました。為清様のお考えに間違いはあろうはずもない」

「朝和、そなたが育てた藤之助為清の技と力が長崎で、上海で通じたのじゃぞ」

「為清様は郷に入《い》っては郷に従えの格言を実行なされた、自在な柔軟性を持って事に当たられた。激動の時代、一族が生き延びるためにもはやわれら老兵は、のさばり出てはならぬ。為清様をお助け致すのは一族の若い力である。長老方、しくと肝に銘じよ」

と片桐朝和が長老たちに向かって釘を刺し、一同に明確に宣告した。

藤之助は陣屋に戻る前に実家である泰山神社に立ち寄った。

一年半前、陣屋家老片桐朝和の命で五人の若者が江戸牛込御門外の江戸屋敷に急使に立てられた。昼夜を分かたず江戸まで走り抜く過酷な使いであった。

江戸を襲った未曾有《みぞう》の大地震を告げる早馬が伊那谷を駆け抜けていった。そのことで大地震の発生を知った朝和が江戸へ使いを立てたのが五人であった。だが、道中で一人欠け二人欠けして、江戸屋敷に到着したのは藤之助ただ一人であった。

山吹陣屋を出立《しゅったつ》した折、藤之助は座光寺一族下士の嫡男、本宮藤之助であった。一年半後に山吹領に矢傷を負って帰還した藤之助は、一族の棟梁、

「座光寺藤之助為清」

に成り変わっていた。

家族にとってなんとも釈然としない話ではあった。だが、江戸屋敷で決められたこと、さらには将軍徳川家定が認めた座光寺家の正式な当主であった。

一下士の家族が異議を述べることが許される筈《はず》もない。

藤之助が神殿の前に座すと女が二人茶菓を運んできた。

実母のかやと妹の千代《ちよ》だった。藤之助には千代の他に十四歳の弟万次郎《まんじろう》と末妹みやがいた。

「母者、ご壮健にてなによりにござる」

「藤之助」

と言いかけたかやが、

「為清様」

と呼び直した。

「どのような境遇を本宮家が受け入れようとわが母は母にござる。この屋根の下にあるとき、藤之助でよいではございませぬか」

藤之助がいうところに父の定兼が姿を見せた。

「なんともわれらの気持ちは複雑にございましてな」

「父上、それがし、天の定めに従い、座光寺家当主に就きました。じゃが、父母たる、子たる事実がそのために変わるわけもなし、今までどおりでよろしいではございませぬか」

「それでよいかのう」

「この屋根の下にあるときは」

と藤之助が頷いたが千代が、

「兄様はわずか一年半の間に変わられました。もはや私の兄様ではございません。座光寺為清様にございます」

と言い切った。

「千代、そなたの気持ちも分からぬではない。じゃが、聞いてくれぬか。長崎での一年の経験は、伊那谷の百年にも相当しよう。自らの考えを変えねば時代に取り残されたであろう。それがしが見聞した世界は遥かに進んでおった、それがしが本宮藤之助から座光寺為清に変わった事実など、われらが近い将来に体験することになる時代の激動に比べれば瑣末《さまつ》なことよ」

「千代、藤之助も自ら望んで左京為清様の身代わりになったわけではない。一族の共通の願いであり、一族が生き残るためじゃぞ。家族の絆《きずな》が深まりこそすれ薄れることはなかろう」

「そう千代も思いとうございます」

と答えた千代が黙り込んだ。

「いつまで伊那にはおられるな」

茶菓の干し柿を摘《つま》む藤之助にかやが聞く。

「使いが来て明日にも立つやもしれませぬ。反対に何年も沙汰《さた》がないことも考えられまする」

「江戸から使いがくるのだな」

定兼が聞き、頷いた。

「父上、幕閣の中にはなんとしても徳川様の御世《みよ》を存続させたいと模索して動いておられる方々がおられます。わが一族が徳川家の交代寄合衆である以上、最後までご奉公を、忠義を尽くすのは当然のことにございます」

「藤之助、そなた、未だ幕府のために動いておるのだな」

と定兼が念を押した。

「いかにもさよう。われら座光寺一族が伊那谷に千四百十三石の領地を安堵されてきたのは格別の使命があってのこと、藤之助、そのために最後のご奉公を全うする所存にございます」

「うーむ」

と定兼が得心したように頷き、

「徳川様の御世は長くは続かぬか」

「父上、列強の力に抗すべくもなく早晩瓦解《がかい》致しましょう。その折、なんとしても食い止めねばならぬのは、清国上海のように外国列強の好き放題にこの地をさせぬことです。そのために藤之助は微力を尽くす所存にございます」

「そなたが見てきた清国上海には異国の軍勢が駐屯《ちゅうとん》しておるのだな」

「英吉利《イギリス》、仏蘭西《フランス》、亜米利加《アメリカ》各国の軍勢ばかりか、商人らが居住する地も広がっておりました」

定兼は呆然として、

「伊那谷においては時勢に遅れるばかりじゃのう」

と嘆息した。

藤之助を千代、万次郎、みやの三人の弟妹が泰山神社の鳥居のところまで見送ってきた。藤之助はその場で三人の弟妹に、本宮家の嫡男は、

「万次郎」

であることを宣告した。

座光寺一族の棟梁としての宣告だ。本宮家は気持ちがどうであれ、万次郎継嗣《けいし》の事実を受け入れざるを得なかった。

「父上には話しておいた。万次郎、頼んだぞ」

藤之助は短い言葉にすべてを込めて願った。

「兄上」

と呼びかける万次郎に千代が、

「万次郎、兄上ではありませぬ。為清様にございます」

と注意し、

「為清様、命に従います」

と万次郎が受けた。

千代ら弟妹が小さな鳥居の内側に止まり、藤之助は鳥居を潜《くぐ》って境内の外に出た。三人が腰を屈《かが》めて藤之助為清を見送った。

昼下がりの初夏の光が山吹陣屋に降っていた。

領地の西に聳《そび》える安平路山《あんぺいじやま》から流れ出る水が山吹陣屋を下り、天竜川へと注ぐ水音があちらこちらで響き渡っていた。

藤之助の足は天竜河原を見下ろす台地に生えた竹藪《たけやぶ》に向かった。

田圃の畔道《あぜみち》を行くと竹の葉が風にさわさわと鳴った。

竹藪の中に座光寺家十一代の先祖の墓があった。墓所は一族の者たちの手によって奇麗に清掃がなされていた。

藤之助は墓所の傍らにある小屋から閼伽桶《あかおけ》を出して、竹藪下の斜面から湧き出る清水を汲《く》んで、再び墓所に戻った。すると線香を手にした文乃が藤之助を待ち受けていた。

「お疲れではございませぬか」

「八日七晩も眠り呆《ほう》けたというではないか。旅の疲れも矢傷も癒《い》えたわ」

藤之助と文乃は十一代の先祖の墓前を清め、線香を手向《たむ》けて、霊前に額《ぬか》ずいた。

藤之助は十二代座光寺家当主に就いたことを短く先祖に報告し、一族に課せられ

た、

「首斬《くびき》り安堵」

の使命を果たすことを誓った。

そもそも十二代目の当主は高家肝煎品川家から養子に入った左京為清であった。だが、藤之助が左京為清の命を貰《もら》い受けてその地位を襲位した以上、座光寺家の十二代は、

「藤之助為清」

でしかない。だが、左京為清同様に藤之助にも十一代の先祖の墓所に眠ることができる時代ではもはやあるまいと胸の中で考えていた。

墓前から立ち上がった藤之助に文乃が、

「ご先祖様になにを願われました」

「それがしがこの墓所に眠ることはあるまいとお断りした」

「戦場に斃れられると申されますか」

「不思議ではあるまい」

「悔いはございませぬか」

「新しい時代の礎《いしずえ》となるなれば本望かのう」

「戦があるのですね」

「覚悟しておくことだ、文乃」

二人は竹藪を抜けて、天竜の流れを見下ろす台地の縁《ふち》に出た。伊那谷が一望され、さらに高みに残雪を被《かぶ》った赤石岳が見えた。

「藤之助様、ご一族の方々に長崎での行状を告げられたそうな。清国上海には高島玲奈様とご一緒に参られましたか」

「文乃、いかにもさようだ」

「異国へどう行くのか、文乃には見当も付きませぬ」

「であろうな。皆には話しておらぬが、異国行きはそれがしの意志ではなかった。熱に浮かされて意識を失っておるうちに小帆艇《しょうはんてい》に乗せられ、さらには異国の砲艦に乗り継いで上海に到着したのよ」

「あらあら」

と文乃が笑った。

藤之助と文乃は、土手の若草の間に腰を下ろして、藤之助があれこれと長崎や上海のことや、高島玲奈のことを話した。

「寂しくはございませぬか」

「玲奈を長崎に残したことか」

「はい」

「伊那谷に連れてきてみよ、玲奈は退屈でおかしくなってしまうわ」

「どのようなお方にございましょうな」

「江戸から長崎に来た幕臣方が玲奈にはきりきり舞いさせられるのが常だ。乱世に生きる女であろう」

「これで気持ちの整理が付きました」

と不意に文乃が言った。

「気持ちの整理とな」

「初めて藤之助様にお会いしたときから、文乃の婿様になるお方かなと考えないではございませんでした」

「文乃がそのようなことを思うておったか」

「ですが、藤之助様は文乃の想像を超えたお方にございました。一族の方々も藤之助様を十二代様にお迎えして、えらいことになったと頭を抱えておられましょう」

「それがしの話に混乱を来したというか」

「だれもが頭では飲み込んでも釈然としない夢物語と考えておられましょう。藤之助様が南蛮短筒で矢場を壊されたそうにございますが、一族の方々は当分その光景を夢に見られて魘《うな》されましょうな」

「文乃、ゆるゆると一族の者にわれらを取り巻く情勢を理解させる時間の余裕はない。われらがこうして話している間にも異国は、世界は大きく進んでおるのだ」

「私どもだけが目を瞑って生きてきたのですね」

「二百五十余年にわたってな」

「どうすればよろしいので」

「長崎海軍伝習所で幕臣や大名諸家の子弟方が日夜必死の勉学を続けておられる。だが、彼我の差は時に絶望に打ちひしがれるほど大きい。それでも列強に学ばねばわれらは立ち遅れ、清国同様に異国に領地が乗っ取られよう」

藤之助は江戸を一緒に出た十三人の幕臣の子弟の内の一人、能勢《のせ》隈之助《くまのすけ》がすでに欧州に渡る道中であることを告げた。

「私どもが知らぬところで世間は激しく動いておるのですね」

二人が話し合う山吹陣屋の下を伊那街道が天竜の流れに沿って走っていた。荷駄や旅人がのんびりと往来していた。

「こんな折、やはり、嫁に行くとか行かぬとか滅相《めっそう》な話にございましょう」

「文乃、もう一度申すが考え違いを致すでない。戦が繰り返された戦国時代も男と女が愛し合い、睦《むつ》み合って生きてきたのだ。ためにその後の徳川二百五十余年の安寧《あんねい》があった。どんな時代にも家族があって、暮らしを立てていくゆえに世界が存続するのだ。文乃は、後藤松籟庵《ごとうしょうらいあん》の駿太郎どのと夫婦《めおと》になり、駿太郎どのとの子をたくさん産み、商いを助けよ。それが人の道よ」

「それで宜しいので」

「だれもが玲奈のように小帆艇を駈り、銃を自在に撃ちこなし、戦うていては、国は滅びようぞ」

ふっふっふ
と文乃が笑った。

深編笠《ふかあみがさ》に裁《た》っ着《つ》け袴《ばかま》の武芸者が一人、街道を北から南に下ろうとしていて、野良帰りの年寄りに何事か尋ねた。すると年寄りが足を止めて山吹陣屋の方角を見て指差した。そして台地の斜面に腰を下ろして話す藤之助ら二人に気付き、ぺこりと頭を下げると武芸者に何事か告げた。

「陣屋では今宵《こよい》一族郎党を集めて宴《うたげ》が開かれます」

「今宵か」

「藤之助為清様の初めての山吹陣屋入りを祝う宴にございますそうな。本来なれば山吹入りした日に行う予定でしたが、藤之助様が高熱を発して寝込まれていましたゆえに、本日執り行うそうです」

藤之助は、文乃の話を聞きながら旅の武芸者が田圃の畔道に下りて藤之助らがいる土手に来ようとしているのを見ていた。

見知らぬ武芸者だ。

顔は深編笠に隠されて年齢は判別つかない。五尺七、八寸の体付きはがっちりとして厳しい武術の修業の歳月を想起させた。手に菊池槍《きくちやり》を携えていた。菊池槍とは片刃造りの素槍《すやり》だ。

文乃も武芸者に気付いて、

「お知り合いにございますか」

「いや、知らぬな」

「江戸からのお使いでしょうか」

「とは思えぬ」

畔道を吹き抜ける風に深編笠から垂れた長髪が肩に靡《なび》いた。

藤之助らが座す、緩やかな土手下に武芸者が辿り着いた。

深編笠の縁を上げて藤之助を見上げた。年の頃は四十前か。

「率爾《そつじ》ながらお尋ね申す。座光寺藤之助為清どのとはお手前か」

「いかにもそれがし座光寺為清にござる、そこもとは」

「心形《しんぎょう》刀流《とうりゅう》　陽炎源水高晃《かげろうげんすいたかあき》」

「御用の次第は」

「お命貰い受ける」

「あら、まあ」

と文乃がどこかのんびりした刺客の宣告に声を発した。

「ただし本日は警告にござってな」

「有難いことじゃあ。それがしもそのような気にはならんでな」

藤之助が土手の上に立ち上がった。

腰に脇差を差しただけの姿だ。

初めて相手の武芸者が殺気を漂わせた。菊池槍に掛かる手に力が籠った。

「変心なされたか、止《や》めておかれよ」

と藤之助が長閑《のどか》に応じた。

「そなたが襲いくればこの場に到達せぬうちに体が蜂の巣になるでな」

武芸者は藤之助の言葉を吟味《ぎんみ》していたが、朱塗りの菊池槍の柄を両手で握り、構えた。

藤之助の手が襟元《えりもと》に突っ込まれ、左脇下からスミス・アンド・ウエッソン社製造の三十二口径リボルバーを抜き出すと銃口を向けた。

武芸者が上体を傾け、土手を一気に駆け上がろうとした動作を止めた。

「尋常一様の士ではないと見たがいかにもさようかな」

菊池槍を構えた姿勢を止めると、

「本日はやはり挨拶《あいさつ》に止《とど》めよう」

と会釈を残して、武芸者は畔道を街道へ戻っていった。

その背を見ながら藤之助はリボルバーの輪胴《シリンダー》の中に実弾を装塡《そうてん》しておかなかった迂闊《うかつ》と幸運とを考えていた。

四

翌未明、泰山神社の剣道場は異様な緊張が漂っていた。

四方にかがり火が焚かれ、屋根だけの剣道場を赤々と照らしていた。だが、緊張はかがり火が生じさせたものではない。

稽古着姿の藤之助が一族の面々に大小を腰にたばさむように命じたからだ。その言葉に、一族郎党は昨夜催された十二代座光寺家当主の初の領地入りを祝する宴の和やかだった気分などふき飛んでしまった。

「今朝《けさ》より真剣にての稽古を加える」

座光寺一族壮年以下の士分の者、郷士ら三十余名を三組に分けた。

一の組は、昨日、藤之助に打ち負かされた岩峰作兵衛ら、信濃一傳流の目録を授けられた熟達者十人だ。

藤之助は、剣道場に五名ずつ前後に並べ、左右前後の者との間隔を十分に取らせた。

「抜き打ちの稽古を致す。最初はゆっくりとした動作でよい。一つひとつの動きを丹念に体に覚え込ませるのだ」

藤之助の腰には相州鎌倉一文字《かまくらいちもんじ》助真《すけざね》刃渡り二尺六寸五分があった。

「それがしの動きをとくと見よ」

藤之助は十人の熟達者と向き合うとわずかに右足を踏み出した構えで腰を沈めた。

ふうっ

と一つ息を吐き、静かに吸った。
次の瞬間、裂帛の気合とともに藤之助の右手が躍り、刀を抜き放った。そのとき、左手は助真の鞘元《さやもと》を保持していたが抜かれた瞬間に右手に添えられて、
えいっ
と気合を発すると正面に向かって真っ向唐竹《からたけ》割りに斬り下ろされ、続いてハの字に刃が閃《ひらめ》いた。片桐朝和は刃が振るわれる度《たび》に藤之助の眼前の大気が、
すっぱすっぱ
と斬り分けられたのを見た。その後、左から右へ、右から左へと車輪に引き回され、上段へと上がった刃が、
すいっ
と正面の仮想の敵を斬り分けると、刃は鞘に納められた。
すべてがゆったりとした動きだがどこにも遅滞なく腰がふらつくことなど見られなかった。
「岩峰作兵衛、演じてみよ」
「はっ」
と畏まった岩峰が気合を自ら入れて、瞑目して神経を集中し、両眼を見開いた。虚

空の一点を見つめた岩峰作兵衛は腹から絞り出す声と一緒に藤之助が行なった演技をなぞった。

その動きは力強く、迅速《じんそく》でさえあった。

だが、片桐朝和は動きの一つひとつに腰が浮き上がり、体の芯がふらついているのを見逃さなかった。

「岩峰、もそっとゆったりとした動きで丁寧《ていねい》に刃を使え。実戦では直ぐに草臥《くたび》れてしまうわ」

藤之助は岩峰作兵衛を列から引き出すと正対させた。

「それがしを敵と見立て、刃を振るえ」

と宣告した。

間合いは一間を切っていた。岩峰が踏み込んで抜き放てば刃が藤之助の体に触れた。

「遠慮致さばそれがしがそのほうを斬る」

はっ、と応じた岩峰作兵衛の顔に緊張が走った。

互いが睨《にら》み合った。

岩峰作兵衛の腰が沈み、無音の裡《うち》に拳《こぶし》が腹前を流れて抜き打たれた剣が上段に止まった。

「存分に踏み込んで斬れ！」

藤之助の命に、岩峰が踏み込みつつ、上段から斬り下ろした。

最前より腰の入った斬撃だった。

藤之助の上体がわずかに横に移されると刃は藤之助すれすれを斬り下げた。

「それでは相手に刃の動きを読まれるわ、遠慮せずと命じたぞ」

「はっ」

岩峰作兵衛の刃が横手に流れて、上段に戻り、間近にいる藤之助の脳天をハの字に斬り分けた。最初の一撃を左手に上体をずらして避けた藤之助は、続く一撃を右手に刃を躱《かわ》した。いずれも動いたか動かなかったか判別がつかないほどの、わずかな身のこなしだった。

岩峰作兵衛の顔が紅潮し、車輪に引き回したが藤之助は、
そより
と後退して切っ先を身すれすれに躱すと上段に移行した刃の斬り下げを間合い半間で待った。

ええいっ

岩峰作兵衛が必殺の斬り下ろしを見せた。

腰を大きく沈めた藤之助がふわりと岩峰の体に身を寄せると、剣を握った両腕を撥《は》ね上げた。すると岩峰の手から剣が抜けて、矢場まで飛んで転がった。

「作兵衛、それがしが真の敵なれば、そなたはわずかな間に致命傷を幾度も負っておる」

岩峰作兵衛が呆然として立ち竦《すく》んでいた。

「なぜ刃はそれがしの身に届かぬ」

「わ、分かりませぬ。それがし、存分に刃を振るったつもりにございます」

「それよ。つもりで振るう刃にだれが斬られるものか。そなたの心に刃を使う恐れが、さらには主を傷つけまいとする配慮が働いておるからよ」

「恐れと配慮をなくするにはどうすればようございますか」

「刃を抜く時、相手の命を絶つ覚悟で臨め。その考えを心身に徹底させよ、よいか」

藤之助は岩峰に剣を取りに行かせると列に戻した。

「十人全員で真剣抜き打ちの稽古を繰り返す。刃が乱れれば朋輩を傷つけ、時には死に至らしめるぞ。気を抜くでない。じゃが、刃を使う心に恐れや遠慮は無用と思え」

はっ

と全員が返事をして足場を固めた。

「まずはゆっくりと剣を抜いて前後左右との間合いを確かめよ」

十人の熟達者が剣をゆっくりと動かして前後左右の間隔を心に刻んだ。

「真剣を全力で使えば腰がよろめく。最初は五分の力でゆったりと使え。恐れと遠慮は無用、腕が縮こまっては刃に伸びを欠く」

藤之助の号令で十人が剣の抜き打ち稽古に一斉《いっせい》に入った。

十振りの刃がかがり火の明かりを煌《きら》めかせて光った。

藤之助が動いた。

前後二列に並んだ十人が剣を振るう間に身を置くと刃の間をするりするりと抜けて、

「ほれ、腕が伸びておらぬぞ」

「腰がふらついておる」

と注意して回った。

「雑念を払え、自ら刃を振るうことだけに神経を集中せよ」

十本の剣の動きと間合いを承知しておらねば出来ぬ芸当であった。

一連の抜き打ちの繰り返しが五回終わると、藤之助が、

「休め！」

と命じた。するとへなへなと十人がその場に腰を下ろした。一方藤之助の顔は涼しげだ。

二の組、三の組と真剣を抜き打ち、形を体に覚え込ませる稽古を指導し続けた。

三の組が終わった刻限、初夏の光が泰山神社の剣道場に差し込んできた。

矢場では女衆が大釜で味噌汁の仕度《したく》を始め、握り飯が運ばれてきた。

前夜、藤之助が命じたことだ。

寸暇《すんか》を惜しんで実戦訓練に打ち込みたいと考えたこともあったが、主従が心を通わせるための方策の一つだった。

女衆の中には藤之助の幼馴染のおきみや文乃が混じり、江戸屋敷の老女を長年務めてきたおよしが陣頭指揮していた。

戦になれば鉄砲の弾は女子供老人にも容赦なく飛んでくる。ゆえに日頃から陣屋の一族が稽古に関わることが大事、結束につながると考え、女衆にも稽古を見せ、朝餉《あさげ》を仕度させた。

開国前夜の長崎や列強支配を受ける上海を見た藤之助は一刻の猶予《ゆうよ》もないことを悟っていた。そのために一族の者と胸襟を開いて話し合うことが大事と考えていた。

真剣での稽古が終ると、一族が剣道場に車座になって伊那谷の恵みの山菜などを具にした味噌汁を啜《すす》り、握り飯を頬張った。

その間にも藤之助は見物の老人組に命じていた。

スペンサー・ライフル銃を見本にして一族の男衆分の数の木銃を造るように、藤之助は手描きの設計図とともにライフル銃を渡したのだ。陣屋には大工仕事が巧みな男たちもいたから、すぐに承知した。

「木銃の先に脇差ほどの銃剣を装着するゆえ、五尺ほどの長さになろうかのう」

藤之助の脳裏には東インド会社所属のライスケン号艦上で体験した銃剣での稽古があった。

藤之助は外国列強の砲艦に所属する陸戦隊の装備と稽古を見て、これからの戦は、

「刀槍から銃剣」

へと移行するのは必至と考えた。そこで木銃での組稽古を取り入れようと考えたのだ。

早々に朝餉を終えた一族の者に竹刀での打ち込み稽古を再開させた。真剣での稽古を積んだばかりの者らがきびきびと自在に動くのが分かった。

朝稽古は四つ（午前十時）の刻限まで続き、藤之助は最後に天竜河原までの駆け足

を命じた。むろん大小を腰に携えて、手には木刀を持っての姿だ。

一同は朝からの息をつかせぬ稽古にへとへとになっていたが、藤之助が率先して引っ張っていく以上、手を抜くことなど出来なかったし、最後の力を振り絞って従った。

「ご家老、わずか一年半の歳月が人間をあれほどまでに変えるものでござろうか」

と剣道場に残った年寄長老組の一人が片桐朝和に聞いた。

「山吹陣屋の十年一日《いちじつ》の稽古が藤之助為清様の山吹入りであっさりと変えられたな。二百五十余年の惰眠を貪っていたのは幕府ばかりではなかったようだ。われら、座光寺一族も時代の動きに気付くことなく眠り呆けていたのだ。為清様の話を聞いてよう分かった」

「藤之助為清様が申されるように、徳川幕府が倒れ、新しい時代が来るのでございましょうか」

と年寄組の別の一人が片桐に聞く。

「片桐朝和に確信はありかと問われれば首肯《しゅこう》する自信はない。それがしは長崎も異国も知らぬでな」

「ご家老も得心しておられませぬか」

と年寄組が身を乗り出すように陣屋家老に迫った。

「一同に申しておく。われら座光寺一族、高家肝煎より左京為清様を十二代に迎えて、手痛い教訓を得た。ためにわれらが動いて、新たなる十二代様を選び直した。それがあのお方、藤之助為清様である。われら、もはや迷うことは許されぬ、藤之助為清様の下、一族が結束して事にあたる。藤之助為清様は、幕閣より命じられ天領長崎を見物され、さらには異国清国事情も見てこられた。ただ今の幕府の中にかような体験を持つ幕臣など皆無であろう。激動する時代に屋台骨の揺らぐ幕府も藤之助為清様に期待を懸けておられるのだ。その藤之助為清様をわれら一族が支える、支えきれぬでは一族の名が泣こう。これは陣屋家老片桐朝和の命である、よいな、努々《ゆめゆめ》藤之助為清様の言動を疑うなかれ、ただ従え。それが伊那谷に二百五十余年の惰眠を貪ってきた一族が生き残る、ただ一つの術《すべ》と思え。藤之助為清様の選択に間違いがあろうはずもない」

片桐朝和が明快に言い切った。

「はっ、畏まって御座候《ござそうろう》」

片桐朝和神無斎の宣告を年寄長老組が平伏して受けた。

藤之助に指揮された一族の者たちは天竜河原に到着してそれぞれ河原に散る岩場に這い上がり、流れと山に向い、相対《あい》した。

「信濃一傳流の基本は、この山吹陣屋の自然にある。流れを呑め、山を圧せよ」

藤之助は自ら伊那谷の自然に向き合い、木刀を立てた。すると河原の岩場に立った一族の者たちも真似《まね》て、木刀を立てた。

座光寺一族壮年若年組の士分の者たちには、藤之助が一気に山吹陣屋の日常を変えようとすることに心の片隅で抵抗する者もいないではなかった。だが、主従一同、天竜の流れと赤石岳の高峰に対面したとき、

「人間の卑小を意識し、己《おのれ》の狭量を恥じる心」

が自然と生じた。

ただ伊那の自然に向き合い、木刀を振るう、

「無心」

に専心した。

江戸から放たれた刺客は天竜川の対岸にあって座光寺藤之助為清の行動を見ていた。

わずか一年半前まで交代寄合伊那衆の一家、座光寺一族の下士の一人だった本宮藤之助が座光寺一族の棟梁に成り代わり、今や激動する時代の表舞台に立とうとしていた。

安政の未曾有の大地震で大被害を受けた江戸において、幕府はこの若者を、天災の対応にさえ苦慮する幕府が持ち上げて、その命運を託そうとさえしていた。むろんその勢力は幕閣の一部の者たちであった。

長崎に出来た海軍伝習所剣術教授方に過ぎなかった若者を老中堀田正睦《ほったまさよし》の年寄目付陣内嘉右衛門《じんないかえもん》らは、外国列強との交渉役の一人に加えようという動きさえ見せていた。

江戸城内の溜間詰《たまりのまづめ》の譜代《ふだい》家門を総称して溜間詰派と呼ぶ。主導者は彦根《ひこね》藩主の井伊《いい》直弼《なおすけ》だ。溜間詰派には

「開国」

に動く現幕閣らに対して不満が溜《た》まっていた。

二年前、水戸の徳川斉昭《なりあき》の圧力で溜間詰派に属する老中松平乗全《まつだいらのりやす》、松平忠優《ただます》の二人が罷免《ひめん》されたことに溜間詰派は危機感を募らせた。そこで老中首座の阿部《あべ》正弘《まさひろ》は、溜間詰派の一人でもある堀田正睦に老中首座を譲ることで、溜間詰派との融和を図ろう

と考えたのだ。

蘭癖《らんぺき》と称される堀田正睦が直面する外交問題に本領を発揮し始めたとき、溜間詰派の主導者の井伊直弼は、

「新たなる危機感」

を抱いた。

堀田正睦、阿部正弘の二人は、豆州下田《ずしゅうしもだ》で行われている亜米利加国と幕府の日米和親条約の修補条約（下田協約）を主導して締結に導こうとしていた。この協定の約定《やくじょう》では、

一　外国人の居住権

一　貨幣の交換比率の是正

一　長崎開港

一　総領事の遊歩区域制限撤廃

の他に、

一　領事裁判権（治外法権）

が取り結ばれようとしていた。

現在、駐日亜米利加総領事のタウンゼント・ハリスと下田奉行井上信濃守清直《いのうえしなののかみきよなお》、中《なか》

村出《むらで》羽守《わのかみ》時万《ときかず》の間で粘り腰の協定交渉が推し進められていた。それが最後の段階に差し掛かっていたが、到底《とうてい》溜間詰派には容認できない内容が含まれていた。

溜間詰派にとって許されざる堀田と阿部の背信であった。そこで井伊直弼らは下田に溜間詰派の実戦部隊を送り、約定の締結を反古《ほご》にしようと策していた。

一方、下田協約を推進する堀田、阿部らの幕閣は、下田に新たな血を注いで援護しようと画策していた。

堀田の年寄目付陣内嘉右衛門の子飼いの座光寺藤之助が、下田に呼ばれるという情報が江戸城中に流れた。

「座光寺為清だと、何者か」

交代寄合伊那衆の一家の座光寺家十二代に、そのような力があることを知らない者が城中では大半を占めていた。だが、井伊直弼は長崎での藤之助の行状についてつぶさに報告を受けた後、命を発した。

「座光寺藤之助為清の動きを止めよ」

藤之助が下田入りする前に暗殺することを決定し、命じたのだ。

伊庭《いば》是《ぜ》水軒秀明《すいけんひであき》を創始者に頂く心形刀流の最高目録の取得者陽炎源水高晃は座光寺藤之助を斃す刺客として伊那谷にやってきた。

陽炎源水は藤之助に会い、

「ただの若僧ではないか」

と最初考えた。だが、一族の心を巧みに摑《つか》む藤之助の言動を見たとき、一介の若武者ではないと悟った。修羅場《しゅらば》を潜り生き抜いてきた者の、

「しなやかな心と剛直な技」

の持ち主と気持ちを引き締めた。

井伊直弼によって放たれた藤之助暗殺の刺客は三人では利《き》くまいと考えていた。

だが、座光寺藤之助を斃すのはこの自分の他にないと改めて心に誓った陽炎源水は、傍らの菊池槍を手にすると天竜の対岸の岩場で瞑想をし始めた藤之助に一瞥《いちべつ》をくれて立ち上がった。

第二章　早乙女《さおとめ》

一

「そろたそろたよ　踊り子がそろた　ヨイソレ
稲の出穂より　エーヨー　なおそろた
おまえはささねど　この輪のなかに　ヨイソレ
命かけたい　エーヨー　ひとがいる
赤いたすきを　十字にかけて　ヨイソレ
まげのお笠に　エーヨー　田植え唄」

伊那谷山吹領《いなだにやまぶき》の里山の田に、篠笛太鼓《しのぶえたいこ》鉦《かね》の音と早乙女《さおとめ》たちの歌声が響いていた。

座光寺《ざこうじ》一族が支配する伊那郡座光寺領は四ヵ村、山吹、北駒場、上平、竜口村の千四百十三石が表高だ。だが、山吹陣屋と江戸屋敷の二つの家臣団の暮らしを支えるためにはこの四ヵ村の収穫だけではとても足りない。

領内に住む武士身分家臣十三人、地付きと呼ばれる郷士小者七家は相《あい》協力をして山に入り、山の恵みを採り、猪《いのしし》を捕まえて足しにしてきた。むろん天竜の流れに簗簀《やなす》をしかけて捕る川魚も山吹陣屋の貴重な食料源だった。

天候異変で凶作不作が続くと、農作物はたちまち収穫が半減した。となるとどうやっても座光寺一族の胃の腑《ふ》を満たすことはできなかった。

そこで座光寺一族は領地の西の谷や山間《やまあい》を開墾《かいこん》して隠し田を設け、長年の営々たる努力の末に天竜の流れを遠くに望む里山に田をいくつか保持するに至った。

そんな一つ、田沢《たざわ》の里山に座光寺一族全員が集って田植えを行っていた。

男衆も女衆も武士身分も小者も、老若男女が一列になって囃子《はやし》に合わせてエーヨー節を歌いながら苗を植えていく。

藤之助《とうのすけ》の隣には幼馴染《おさななじみ》のおきみがいて、反対隣には文乃《あやの》がいた。

「文乃さん、江戸育ちのわりにはなかなか手際がいい」

とおきみが文乃に笑いかけた。

「田植えがこんなに楽しいものなんて考えもしなかったわ」

文乃が答える声が藤之助の顔の前を通り過ぎていく。

「来たらよってくれよ　あばらやだけど　ヨイソレ
ぬるいお茶でも　エーヨー　熱くする」

おきみが再び田植え唄を歌い継ぎ、さらに囃子が加わり全員が繰り返した。

「他村若い衆　よく来てくれた　ヨイソレ
踊りゃおえても　エーヨー　返しゃせぬ」

藤之助らの手が唄に合わせて律動的に動き、苗を植えていく。作業が見る見る捗《はかど》っていく。

田圃《たんぼ》の周りの畔道《あぜみち》では年寄り子供が集まって田植えを見物していた。

「ささつ、皆の衆、昼餉《ひるげ》じゃぞ、ひと休み入れなっせよ」

お婆《ばあ》の声に田植えの男衆の間から歓声が湧《わ》き、田圃から早乙女たちも畔に上がった。

藤之助は畔の傍《わき》を流れる水で手足の泥を洗い落とした。

「文乃、腰が痛くはならぬか」

「いえ、腰など痛くはございませぬ」

「加減しいしい動かぬと最後の輪踊りがこなせぬぞ」

「えっ、踊りも踊るのですか」

「田植え、盆踊りしか男と女が一緒に肩を並べて歌い踊ることを許されておらぬ。ゆえに文乃、座光寺領内の男衆に踊りに誘われたら、江戸には戻れぬぞ」

「それはまたなぜにございますか」

「文乃さん、男衆の相手を務めたら嫁になると承知したことになるのですよ」

「あら、大変」

文乃が慌《あわ》てた。

「皆の者に申しおく。この文乃、嫁入り先が決まっておる」

「藤之助様にございますか」

と士分の谷脇小弥太《たにわきこやた》が聞いた。

「小弥太、勘違いするでない。それがしではないぞ。一度申し入れたが手酷《てひど》く断られた」

わあっ！

という歓声が起こり、文乃が慌てて、

「藤之助様、冗談はよして下さい」

と真剣に怒る真似《まね》を見せた。

「わしはよ、藤之助様が江戸から若い娘衆をわざわざ連れて来られたというで、てっきり山吹陣屋で嫁披露かと思いましたよ」

と猪鍋を調理する女衆が話に加わった。

「おきち、文乃は京の茶道具を扱う老舗《しにせ》の後藤松籟庵《ごとうしょうらいあん》の若旦那と祝言《しゅうげん》をする身です。まさか文乃を為清《ためすが》様が山吹陣屋まで同道してこられるとは考えもしませんでした」

老女のおよしが大きな体をしんどそうに揺らして不満を漏《も》らした。

一族でもない商人の娘を山吹陣屋に連れてきたことが理解できないでいたのだ。

「およし、そう申すな。文乃は座光寺家江戸屋敷に行儀見習いに入り、長年忠義にも奉公に相努《あい》めてくれたのだ。そなたが申すように此度《こたび》、縁あって駿太郎《しゅんたろう》どのと夫婦《めおと》になる。そうなれば座光寺一族の領地など生涯足を踏み入れることはあるまい。このような機会に山吹陣屋を訪ねて、われら一族と知り合いになる。悪いことではあるまい」

長崎を見た藤之助の頭には早晩、士農工商などの身分制が崩れるという確信があった。

近い将来、江戸も商人が今より主導する時代がくる。そんな時代、座光寺一族だけが孤立しては生きられないのも分かり切っていた。

「なんとも鷹揚《おうよう》な殿様にございますこと」

とおよしが皮肉な笑みを浮かべた顔で言い、

「ささっ、握り飯に猪鍋でたっぷりと腹ごしらえをして下さいよ」

と鍋番の女衆が叫んで、皆が、
わあっ！

と歓声を上げた。

藤之助は片桐朝和《かたぎりあさたか》らと一緒に畔道に敷いた筵《むしろ》に座って握り飯を頬張《ほおば》り、猪鍋《ししなべ》を啜《すす》った。

「為清様、かような長閑《のどか》な田植えがいつまで続きましょうかな」

「日々の暮らしはどんな事態が到来しても続けねばならぬ、それが一族の力の源《みなもと》ゆえな。朝和、陣屋《じんや》は頼んだぞ」

「為清様が外でお働きになり易《やす》いようにわれら年寄組がひと踏ん張り致しましょうぞ」

「女子供とて安穏《あんのん》とできぬ時代がそこまできておる」

藤之助は二つ目の握り飯を手に青々とした苗が風に戦《そよ》ぐ田沢の里山を見た。何十枚もの貝殻を連ねたような田圃が続く光景は、里山ならではの美しさであった。そして、里山の下に帯のように緩やかにうねって流れる天竜川《てんりゅうがわ》と雄大な伊那谷を見下ろして、赤石岳《あかいしだけ》が聳《そび》えていた。

天竜の流れに沿って走る伊那街道に早馬が下っていく。江戸からどこその大名領への急使か。

「この数年、この伊那街道をあのように一日何頭もの早馬が駆け抜けていきまする。これも二百五十余年の安寧《あんねい》が激動へと変わる知らせにございましょうな」

藤之助は朝和の言葉に豆州下田《ずしゅうしもだ》で連日交渉が繰り返されている筈《はず》の、日米和親条約の修補条約のことを脳裏に思い浮かべた。

この長閑な山吹の風景を揺るがしかねない兆候が江戸でも下田でも長崎でも起こっていた。それらが一体化した時、徳川幕府を土台から揺るがし、崩壊させる大波に転じる。

(焦《あせ》ってはならぬ)

まず足元の山吹領を固めることが座光寺一族にとって大事なことだった。陣屋家老の片桐朝和がそのことを請合《うけあ》ってくれたことで、藤之助は一つ心配ごとが消えたと思った。

「ご家老、久しぶりに田沢の里山まで身を上げましたが、やはりご領地はよいものでございますな」

最前まで文乃のことで不満を募らせていたおよしも、うっとりと座光寺領の棚田の景色に眺め入っていた。

「私どもこの数年、憂《うれ》えることばかりで江戸屋敷は暗く重い空気に包まれて、お方様も沈み込んでおられました。藤之助為清様をお迎えして、かような日を迎えることができるとは、およし、涙が出て参ります」

突然およしの両眼からぽろぽろと大粒の涙が流れ出し、わあわあ、と声を上げて泣いた。

およしが憂えると言ったのは高家《こうけ》肝煎《きもいり》から座光寺家に養子に入った左京《さきよう》為清の行状だった。交代寄合《こうたいよりあい》衆の座光寺家の当主の座に就《つ》いたはいいが、左京の頭には、

「遊興」

の二文字しかなかった。

江戸と山吹、家臣団が必死になって働き、倹約に努めねばとても立ち行かない交代寄合座光寺家の内証であった。

左京としてみたら旗本家に養子入りし、

「やれ部屋住みの身から抜け出た」

と考えた。

だが、座光寺家の現実は質素な食事に着る物も木綿もの、主《あるじ》とて自由になる金子のない暮らしだった。

節約倹約が当たり前の座光寺一族の家臣団と話が合うわけもない。

左京為清は座光寺家の貴重な蓄えを取り崩しては遊びに走り、ついには吉原《よしわら》の遊女瀬紫《せむらさき》と一緒に大地震の騒ぎの中に妓楼《ぎろう》の金蔵から八百四十余両を強奪して逃亡する罪を犯したのだ。

江戸と山吹陣屋の話し合いの末、左京為清の抹殺《まっさつ》と主交代が隠密裏に企てられ、迅速《じんそく》に行われた。

封建制度の下にあって許されざる主殺しと下剋上《げこくじょう》が円滑に行われたのは、偏《ひとえ》に激動する時代が背景にあったからだ。

およしの涙は、座光寺一族が直面していた、

「絶望」

に対してのものだ。そして、新たに当主の座に就いた藤之助為清と一族が心を一つにして田植えが出来る喜びの涙でもあった。

「およし、もうよい。涙を拭《ぬぐ》え」

藤之助が手拭いをおよしに渡した。

「はっ、はい」

およしが藤之助の手から手拭いを受け取ったとき、藤之助は二人の武芸者が田沢の里山へと早足で上ってくる様子を目に止めていた。

一人の巨漢は大薙刀《おおなぎなた》を担いでいた。

その視線に片桐朝和が気付いて、

「この界隈《かいわい》では見かけぬ二人にございますな、何者にございましょうかな」

と呟《つぶや》いた。

二人の足が止まり、こちらの視線に気付いたか、藤之助らの視線の先から姿を消した。

「さて、残りをやってしまおうか」

藤之助の声に男女が立ち上がり、

「もはや早苗もそれほど残っておらぬ。年寄組やおよしらは見物に回れ」

と片桐朝和らに命じた。

「ちと最前から腰が痛《いと》うございました。昼からは楽をさせてもらいましょうかな」

陣屋家老の返答に年寄組は囃子方に回った。
篠笛太鼓鉦の音が鳴り、おきみが、
「お江戸日本橋　七つ立ち　八つ山へ　行列そろえて
アレワサト　こちゃー　かまやせのー」
と美しい歌声を田沢の里山に響かせた。すると全員が、
「娘をやらば　勝沼《かつぬま》へ　勝沼は　ぶどうの金が
ザクザク　こちゃも　かまやせのー
思わせぶりに　諏訪《すわ》の湖　御神《おみ》渡り　いつでも鏡を
見るようだ　こちゃ　かまやせのー」
歌は、コチャかまやせの節へと変わっていた。
天保《てんぽう》年間、江戸のはやり歌が馬方などの口伝えに甲州《こうしゅう》街道を流れて、伊那谷でも歌われるようになったものだ。
「表というたら　裏と聞け　今の世はさかさに水が
流れる　こちゃ　かまやせのー」
歌声と一緒に青田が増えて夕暮れ前に田沢の里山の田植えが終わった。すると里山の田を見下ろす広場に早乙女や男衆が輪になって田植えを終えた奉納踊りが始まっ

た。

踊り歌は、軽妙で弾むような律動と調べのエーヨー節だ。

おきみが輪の中心に立って音頭をとった。囃子方がにぎやかに拍子をとるなか、

「そろたそろたよ　踊り子がそろた」

と澄んだ声で歌い出すと全員が、

「ヨイソレ」

と囃《はや》し詞《ことば》を入れて、

「稲の出穂より　エーヨー　なおそろた」

と歌い継いだ。

夕暮れの光が棚田に映じて黄金色に田圃を染めた。天竜河原から吹き上げる風が棚田の早苗を揺らし、水面をきらきらと輝かせた。

そんな最中、弦月が伊那谷の空に上がった。

踊りはいつ果てるともなく続こうとしていた。

藤之助は異様な殺気を感じて踊りを止めた。踊りの輪を見下ろす二人の武芸者がいた。殺気はそこから放たれていた。

藤之助が不意に踊りを止めたことに気付いた男衆や女衆も動きを止めて、おきみの

歌も囃子方も止《や》んだ。

二人の武芸者に気付いた白神《しらかみ》が、

「なんぞ御用か」

と声をかけた。

大薙刀の武芸者は、無言の裡《うち》に鞘《さや》を振り払った。すると長大にも反《そ》りの強い刃《やいば》に残照が映じて橙色《だいだいいろ》に染まった。

「座光寺領山吹陣屋と承知で乱暴を働こうというか」

白神が怒鳴《どな》ると自らの差し料を取りに走った。ほかの若侍らも白神を真似て刀を摑《つか》んだ。

「待て！」

藤之助の制止の声が一族と二人の武芸者の動きを止めた。二人は一段高い土手に止まっていた。

「辰治《たつじ》、クレイモア剣を持て」

と相模《さがみ》辰治に陣屋から田植えの里山まで持参させた布包みを持ってくるように命じた。

先日、刺客に出会ったときから考えていたことだ。

田植え作業から踊りの輪へ、藤之助の腰には長治《おさはる》の脇差《わきざし》があるだけだ。

「その方ら、江戸からの刺客か」

藤之助の問いに答える様子はない。

「座光寺藤之助の首を所望しに参ったか。ならば相手にならんでもない。じゃが、その前に名を名乗れ」

大薙刀を携えた巨漢が、

「大星吉兵衛《おおぼしきちべえ》」

と名乗った。

藤之助の視線がもう一人に向けられた。

「鶴巻一刀流《つるまきいっとうりゅう》　猫田清右衛門《ねこたせいえもん》」

と呟くように言い放った猫田が腰の一剣を抜いた。

その時、

「藤之助様」

と江戸から同道して山吹陣屋入りした相模辰治が布に巻かれた両手剣を差し出した。

「ご苦労」

と片手でダマスカス鋼の十字鍔《つば》の柄《つか》を摑むともう一方の手で布を払った。すると柄と鞘に施された宝石と金象嵌《きんぞうがん》細工が夕暮れの光に輝いて、一族の女衆が嘆声を上げた。

だが、驚きはまだ早かった。

藤之助が鞘を抜き放ち、辰治に渡すと馬上剣を高々と虚空に突き上げた。

刃渡り四尺余、両手で持って打ち合う両刃造りの豪剣だった。

「そなたら、異国の剣の凄みを知るまい。命が惜しくばこの場を立ち去ることをさし許す」

藤之助の言葉に鼻先で笑った大星吉兵衛が大薙刀を大上段に振り被《かぶ》り、土手から飛んだ。すると一族の男衆が女たちを庇《かば》って戦いの場から遠ざけた。

突如《とつじょ》踊りの場が戦いの場へと変わった。

猫田清右衛門もふわりと身を虚空において地表に飛び降りた。

「おれの命を取ったからとて時代の流れは変わらぬ」

「われら、時代がどうなろうといささかも関係ござらぬ。おぬしの江戸での武名がいささか気に食わぬ。ゆえに命所望致す」

「銭金でそれがしに戦いを挑んではおらぬと申すか」

いや、と猫田清右衛門が素直に答えて、

「そなたの素っ首二百両」

「安いのう」

藤之助が二人に向かい、走り出した。

大星と猫田も同時に藤之助へと突進した。見る見る間合い十数間が縮まり、五間余になったとき、猫田が虚空に向かって跳躍し、藤之助も虚空に舞っていた。

二人は中空で刀とクレイモア剣を伸ばし合った。だが、両手で握られたクレイモア剣の斬撃は凄まじく、猫田が伸ばした剣を両断すると脳天を断ち割っていた。

がつん
と不気味な響きが伊那谷に木霊《こだま》し、藤之助は地面へと崩れ落ちる猫田の体を足下に見て、
ふわり
と地面に下りて、片膝《かたひざ》を突いた。

その瞬間を待ち受けていたように大星の大薙刀が車輪に回されて、藤之助の体を襲った。

クレイモア剣が立てられ、大薙刀の反りの強い刃を受けた。なんと大薙刀の刃がク

レイモア剣に吸い寄せられて二つに切り割られ、切っ先が早苗の植えられた田圃に飛んだ。

「なんと」

千段巻《せんだんまき》から一尺ばかり残された刃を引き寄せようと大星が企てた。だが、時すでに遅かった。藤之助が立ち上がり、さらに大薙刀の内側に入り込むと、馬上剣を横手に振るっていたからだ。

片桐朝和は信じられないものを見ることになる。

クレイモア剣の刃に大星の首が載せられたように横手に飛ばされた。

絶叫が胴から離れた口から響き渡り、
すとん
と伊那谷をかすかに照らしていた残照が闇に変わって殺戮《さつりく》の場を消した。

二

山吹陣屋にある了額寺《りょうがくじ》には伊那街道を往来する旅人が病に斃《たお》れた場合などに埋葬される無縁塚があった。

藤之助を襲った二人の刺客の亡骸《なきがら》は一族の男たちの手で了額寺に運ばれ、僧侶であり、領民の鉄仙和尚《てつせんおしよう》が経を上げた後、葬られた。

藤之助は文乃とともに出会った刺客の存在を告げなかったことを陣屋家老の片桐朝和に塚の前で詫《わ》びた。その場には二人を残して一族の男衆は寺の庫裏《くり》に引き上げていた。

「為清様、別の刺客が座光寺領内に潜入しておると申されますか」

「少なくとも一人、この二人より手強《てごわ》そうな武芸者がおるのは事実じゃ」

「領内の巡視を明日から徹底させます」

「だれが放った刺客かははっきりはせぬ。およその推量は付くがのう」

藤之助は、ただ今豆州下田湊《みなと》で行われている日米和親条約の修補条約に関する交渉に絡んでのことであろうと片桐に述べた。

「訝《いぶか》しいことですね。異国との和親条約に絡んでだれぞに為清様が命を狙われると申されますか」

その場には片桐朝和がいるだけだから遠慮はいらなかった。

「それがしが老中堀田正睦《ほったまさよし》様の年寄目付陣内嘉右衛門《じんないかえもん》様の引きで長崎に派遣され、此度は江戸に呼び戻されたことは朝和も承知であろう。陣内様の主、堀田正睦様は城中譜代《ふだい》ご家門の一人で溜間詰派《たまりのまづめ》と目《もく》される。

　この溜間詰派を主導なされるのが彦根《ひこね》藩主の井伊直弼《いいなおすけ》様。先の老中首座阿部正弘《あべまさひろ》様、水戸の徳川斉昭《なりあき》様、薩摩《さつま》の島津斉彬《しまづなりあきら》様方は外交をめぐり、井伊様らと対立しておられるそうな。水戸の斉昭様の圧力によって腹心の松平乗全《まつだいらのりやす》様、松平忠優《ただます》様のお二人の老中が罷免《ひめん》されたことに井伊様が危機感を持たれ、激怒されたに聞いておる。そこで阿部様は自ら身を引き、堀田正睦様を幕閣の中心たる老中首座に据えられた。この堀田様のご領地佐倉《さくら》は、西の長崎、東の佐倉と称されるほど、異国の医術や技術を取り入れることにご熱心で、ために正睦様は、城中で蘭癖《らんぺき》、西洋かぶれと呼ばれるそうな。

　朝和、堀田様は溜間詰派の一人と目されながら、異国の進んだ事物を取り入れる点において、溜間詰派の中では異端といってよかろう。

　それがし、堀田正睦様の懐《ふところ》刀《がたな》陣内嘉右衛門様の引きで長崎に参り、異国上海《シャンハイ》の実情も見た。それゆえに井伊様ら溜間詰派の一部の方々に煙たがられておるそうな」

「それはまたどうしたことで」

「譜代ご家門の方々には徳川家大事、開国を避けて幕藩体制を死守なさろうと動いておられる方々が大勢おられる。

下田での協約が話し合われる場で亜米利加《アメリカ》国のハリス総領事は、家定《いえさだ》様との江戸での謁見《えっけん》を強く望んでおられるそうな。このことが溜間詰派を緊張させておると陣内様からもれ聞いておる。

朝和、それがしを、老中首座の堀田様、またその年寄目付陣内様の先兵と考えておられるのであろう。長崎でもあれこれあってな、刺客には度々《たびたび》襲われた」

「為清様、この二人、譜代、ご家門の大名方、溜間詰派が雇うた刺客と申されますか」

「はっきりとは言い切れぬ。おそらくはその線かと思われる」

「ふーむ」

と暗がりの墓前に片桐朝和の吐息が洩《も》れた。

「朝和、刺客どもはこの藤之助が狙《ねら》いである、座光寺一族に危害は加えまいと推察される。だが、用心に越したことはないでな、一族の者どもにくれぐれも注意致すよう命じよ」

はっ、と畏《かしこ》まった朝和が、

「よき機会にございます。この朝和、為清様の腹心算《はらづもり》をお聞きしておきとうございます」

一介の下士を座光寺家の十二代当主に成り代わらせる荒業を考え出し、主導したのは陣屋家老の片桐朝和神無斎《じんむさい》だ。

この朝和から座光寺一族の当主たる使命の数々を聞かされていた。そして、座光寺一族が生き残る術《すべ》も話し合っていた。それが一年半も前のことだ。その後、藤之助には激変の日々が待っていた。

朝和は、その体験以後の藤之助の覚悟を知りたいと言っていた。

「なんなりと聞け」

「為清様、われら、座光寺一族は徳川後を目指して行動をすればようございますか」

「朝和、それがしの行動に不安を持つか」

「いえ、左京為清様に成り代わり、藤之助為清様が十二代座光寺家当主の座に就かれたことを朝和以下、一族は心より安堵《あんど》致しております。また江戸に出られた直後に為清様が老中首座堀田正睦様の年寄目付陣内様にお目をかけられ、幕臣のだれよりも先に異国を見てこられた事実に鑑《かんが》みても、座光寺一族がこの動乱の時期に浮上する機会を得たと、この朝和、喜んでおります」

「それがしの考えを改めて問うておきたいというか」

「はい」

「そなたと江戸は高田村《たかだむら》の医王寺《いおうじ》南蔵院《なんぞういん》で約束したこと忘れてはおらぬ」

南蔵院は江戸の座光寺家の菩提寺《ぼだいじ》だ。

「いかにもそれがし、為清様に、『これからは左京様ご一人《いちにん》の手の内に座光寺家の命運は握られております』、と言明しました」

この南蔵院での二人の会談時、藤之助為清ではなく左京為清であったのだ。

「朝和は、その折、『座光寺一族は家康《いえやす》様との約定を守り、座光寺家を隆盛へと導いていかなければなりませぬ。世は再び乱世の様相を示し始めております、幕藩体制は弱体に陥《おちい》り、四方の海には異国の艦船が開国を迫って姿を見せております。左京様、座光寺家が世に打って出る好機と申せますぞ』とそれがしに教え諭《さと》したな。それがし、忘れてはおらぬ」

「あの折の話し合いを繰り返すことはないと申されますか」

「そなたが申すこと、すべて当たっておったわ。いや、それ以上の激動が二百五十余年の惰眠《だみん》を貪《むさぼ》ったわれらを待ち受けておったわ。だが、それを説明する前に、座光寺一族が徳川家光《いえみつ》様から格別な使命を得てこの伊那谷山吹陣屋を安堵された事実を互いに確かめておきたい」

藤之助が将軍家定にお目見《めみえ》して座光寺一族の主になった瞬間、藤之助為清と一族に

は、

「万万が一徳川家滅亡危機に瀕《ひん》しなば座光寺当主御介錯申付命者也《おかいしゃくもうしつけめいずるものなり》」

という将軍家御介錯の秘命が授けられたのだ。そして、片桐朝和は今一つの秘命を口伝《くでん》として言い残し伊那に戻ったのだった。

「家康様は座光寺一族二代為重《ためしげ》様に命じられた」

「将軍家の御介錯前に一事あり」

二人だけで言い交わした秘命を互いに確かめ合った。そして、

「朝和、それがし、長崎と上海を見てこの国を取り巻く状況はそなたが申した以上に険しいことを知った。徳川幕府の崩壊はそなたが考えるより何年も早く到来しよう。その折、藤之助為清と一族は、首斬《くびきり》安堵を実行致す。そして、秘命至らば第二の約定も果たす」

「はっ」

「同時に座光寺一族をどう生きながらえさせるか、思案を尽くす。じゃが、その思案が未《いま》だそれがしの頭の中で明瞭に結ばぬ」

「為清様、幕閣の方々でさえ、その思案がなさぬゆえあれこれと迷走なされておられるのでございましょう」

「溜間詰派の方々がそれがしに刺客を送り付け、よしんば暗殺したところで時代の流れはなにも変わりはせぬ」

二人の刺客を埋葬した無縁塚に寒さが忍び寄ってきた。

「朝和、風邪を引いてもいかぬ。庫裏に参ろうか」

藤之助は自らが斃《たお》した刺客の霊前に今一度合掌《がっしょう》した。


了額寺の庫裏では一族の男衆が領主と陣屋家老を待ち受けていた。

田植えが終わった宵《よい》は、一族が陣屋に集って酒を酌み交わす習わしだ。だが、刺客の到来でその手順が狂った。

「遅くなったが陣屋に戻る」

と朝和が命じて、一同が従った。

陣屋では女衆が宴《うたげ》の仕度《したく》をして待ち受けていた。

藤之助為清と片桐朝和を上座に一族の士分、郷士が居流れて宴が始まろうとしていた。

その時、藤之助が朝和に言った。

「朝和、しばしこの藤之助為清に時を貸せ」

「われら一族、為清様の命で一丸となって動きまする」

二人の会話を一座の者たちが聞いていた。そして、なぜそのような会話がなされたのか、判然とせぬにも拘《かか》わらず大きく頷《うなず》いていた。

「よし」

と藤之助が叫び、自らの盃《さかずき》を上げた。一同がそれに倣《なら》い、

「安政《あんせい》四年の田植えも無事に終えた。一同祝着至極《しゅうちゃくしごく》である」

「おめでとう御座る」

藤之助の声に一同が和して盃の酒を干した。


座光寺領内には新たなる刺客の潜入を監視する巡察隊が伊那街道のあちらこちらに配された。

だが、藤之助と文乃が出会った菊池《きくち》槍《やり》を携えた壮年の刺客は領内のどこにも潜んでいる風はなかった。

一方で座光寺一族の実戦稽古《げいこ》はさらに一段と激しさを増した。

藤之助が一族の者たちの前で見せた刺客二人との残酷な死闘に、

「戦《いくさ》の時代」

の到来を初めて感じたか、衝撃を受けていた。特に若い家臣らの血相が変わり、藤之助の指導に応えようとした。

そんな日々が何日か続き、藤之助は片桐朝和に相談して、前々から考えていたことを実行に移すことにした。その話をどこで聞き知ったか、文乃とおきみの二人が藤之助の下《もと》に談判に来た。

「藤之助様、男衆で何事か考えておられるそうでございますね」

「なんだ、切り口上に。山歩きの話か」

「いかにもさようです」

「それがどうした」

「私どもも参ります」

「文乃、おきみ、夏とは申せ、八千尺を越える峰々の尾根《おね》歩きじゃぞ。男の足でも三、四日はかかろうという難行苦行じゃ、女子《おなご》の足では無理ではないか」

「おきみさんは子供の時分から山菜摘《つ》みに山へ入っておられるそうです。文乃だって江戸から山吹まで歩いてきたのです。山が見とうございます」

「ふーむ」

さすがの藤之助も文乃の掛け合いに首を傾《かし》げた。

「藤之助様は常々《つねづね》申されておられますな。私どもが住む、この地で戦が起こると。その折、女ゆえ鉄砲玉が避けて通りまするか。私どもも敵《かな》わぬまでも刀を取り、竹槍で武装して異国の方々と一戦交えることになるかもしれませぬ。そのためになんでも経験しておきたいのです」

おきみは文乃の掛け合いをはらはらしながら見詰めていた。

「いいわ」

「諦《あきら》めたか、文乃」

「いいえ、おきみさんと二人で山に入ります。別行動なれば藤之助様も文句の付けようもございますまい」

「なにっ、女二人で山に入ると申すか」

「はい」

文乃は平然としたものだ。

藤之助も返答が出来なかった。

「おきみ、そなたは伊那谷育ちゆえ山の厳しさを承知しておろう。江戸育ちの文乃が山に入って耐えられるか」

「おきみのお婆《ばあ》は八十を越えても茸《きのこ》採りに山に入っておられます」

文乃とおきみは二人で話し合いの末に藤之助に談判に来たらしく、なかなか引き下がらなかった。

「伊那谷を知り尽くした婆様と江戸育ちの文乃が一緒になるものか。それにしてもどうしたものかのう」

藤之助は山歩きに同道する若い家臣の田村新吉《たむらしんきち》らをその場に呼んで意見を求めた。

「藤之助様、夏場ゆえ女子供でも登れないわけではございますまい。日程に余裕を持って食料を持参致しますればなんとかなろうかと存じます」

山吹陣屋では長老年寄連は主を、

「為清様、あるいは藤之助為清様」

と呼び、若い連中は、

「藤之助様」

と呼び分ける習慣が定着していた。

藤之助は田村新吉の意見を熟慮した末、

「よし、女二人の同行を差し許す。新吉、仕度はこれまで以上に万全を期して整えよ」

山歩きに文乃とおきみを同道する覚悟を決めた。その言葉を聞いた文乃とおきみの顔がぱあっと明るくなった。

「文乃、おきみのお婆は茸採りの名人である、山歩きにも長《た》けておる。お婆に山歩きの心得をよう聞いて、着物、持ち物、履物《はきもの》を用意せえ」

「はい」

「文乃、念のために申しておく。われらが山歩きは修業の一環、厳しいぞ。音《ね》を上げるようなればその場に残して参る」

「大丈夫でございます」

文乃が胸を叩《たた》いておきみと一緒に剣道場から駈《か》け去った。

「新吉、これで総勢十一人か」

「われら、伊那谷育ちは山歩きに慣れております。ゆえに相模辰治と文乃様の足に合わせて新たな行程を作り直します」

「女連れの仕度が整うのにどれほど時がかかる」

「一日ほど時を下され」

「よし、あとは天候次第じゃが、三日後未明に出立《しゅったつ》するぞ」

藤之助が最終決断を下した。

信濃一傳流《しなのいちでんりゅう》の基本は伊那谷の自然に抗して、

「流れを呑《の》め、山を圧せよ」

という構えから修業に入った。

時を経て基本のかたちを完成させた者は、南駒《みなみこま》ヶ岳《たけ》の頂《いただき》に上がり、眼下に伊那谷と天竜の流れを、さらには海から一万余尺を抜く赤石岳を始めとする高峰を眺めながらその技を披露するのが習わしだった。

藤之助は十七歳の時、一度この南駒ヶ岳の頂からの、

「かたち奉献」

を行っていた。だが、此度、山吹陣屋に戻ってみると、藤之助が登山した年から南駒ヶ岳での、

「かたち奉献」

が中断されたままだという。

藤之助は山吹陣屋の若い士分の者を伴い、江戸屋敷育ちの相模辰治を加えて南駒ヶ岳への登山を企てた。それに文乃、おきみが加わり、総勢十一人の山歩きになった。

翌々日、朝稽古を終えた藤之助らは山吹陣屋を発《た》って元善光寺《もとぜんこうじ》に詣《もう》でて、山歩きの安全を祈願することになった。

元善光寺の正式な寺号は座光如来寺《ざこうにょらいじ》である。天正《てんしょう》五年（一五七七）に武田《たけだ》氏から寺領を与えられ、庇護《ひご》されて発展してきた寺だ。座光寺一族と座光如来寺に直接的な関わりはないが、名が同じということもあってなにかあると、山吹陣屋から二里半南西の元善光寺詣《もう》でが行われた。

藤之助らは初夏の光が降り注ぐ伊那街道を意気揚々と南行した。この伊那街道は別名、

「中馬《ちゅうま》街道」

と呼ばれたが、それは三河吉田《みかわよしだ》、あるいは岡崎《おかざき》と信濃の松本《まつもと》城下を結ぶ脇街道の伊那街道では、中馬による荷駄輸送が盛んに行われていたからだ。中馬とは、東海道など本街道の宿場問屋が仕切った輸送手段の、

「伝馬」

と異なり、荷主と直《じか》に契約して荷を運ぶ馬及び制度のことで、信州だけで中馬二万頭も幕府に公認されていたという。

盛業の秘密は松本と飯田の二十五里を一駄二百五十文から六百文で運ぶ荷駄料の安さにあった。これに比べて伝馬は九百九十文と倍の値を取ったという。

そんな中馬が行きかう伊那街道を十一人の若い男女が行くのだ、なんとも賑《にぎ》やかだ

った。

早い昼餉を食して山吹を立ったのが九つ（正午）前、八つ（午後二時）過ぎには座光如来寺に到着していた。

藤之助らは本堂で、

「山修業」

の安全を願ってお祈りし、暗黒のお戒壇《かいだん》巡りを行ってすべて山歩きの仕度を終えた。

藤之助は山吹陣屋への帰り道、突き刺すような視線を感じたが、ついに山吹領まで視線の主が姿を見せることはなかった。

「文乃、おきみ、明朝七つ（午前四時）には山に入る。仕度はすでに整っておろうな」

陣屋に到着した藤之助は同行する女二人に聞いた。

「藤之助様、いえ、殿様」

かつての幼馴染も今や主従の間柄、おきみにとって藤之助は殿様である。

「案じなさいますな。文乃さんのお仕度も万全でございますれば、明日からの山歩き、決して男衆の足を引っ張る気遣いはございませぬ」

とおきみが受け合い、文乃が胸を張った。

三

山吹陣屋から伊那街道を北東に一里ばかり行くと、烏帽子《えぼし》ヶ岳《たけ》と念丈岳《ねんじょうだけ》の間の沢から一筋の石清水が沢伝いに流れて、天竜川に合流する川に出た。

片桐松川《かたぎりまつかわ》だ。

提灯《ちょうちん》の明かりを照らした一行が片桐松川の岸辺にぶつかり、沢伝いに登り始めたとき、朝の気配が訪れた。

沢に朝靄《あさもや》がうっすらと立ち上っていた。

先頭を行く田神助太郎《たがみすけたろう》が提灯を吹き消し、一行の真ん中に位置した藤之助に、

「藤之助様、そろそろ腹拵《はらごしら》えをいたしませぬか」

と朝餉《あさげ》を摂《と》ることを提案した。

助太郎の爺様《じい》は天竜川両岸の山を知り尽くした伊那者で、

「谷歩きの十郎兵衛《じゅうろべえ》、山菜採りのさと婆」

と山吹陣屋で並び称されるほどの山歩き名人であった。

助太郎も物心ついたときから十郎兵衛爺に連れられて伊那谷の山々や谷間《たにあい》に入り、座光寺一族の若手の間では十郎兵衛爺の後継として知られていた。ちなみに山菜採りのさと婆とはおきみの婆様だ。

「山に入れば助太郎の判断に任すと申したぞ」

「はい」

藤之助の返答に初々《ういうい》しく助太郎が答えた。

五尺五寸の身丈ながら山歩きでよく鍛えられた体は、底知れぬ耐久力と敏捷《びんしょう》さを持っていた。そのことを久しぶりの剣術稽古で藤之助は改めて教えられていた。

十郎兵衛爺から教わったものはそれだけではない。刻々変化する山の気候に的確に処する判断力を助太郎は得ていた。それは剣術の稽古でもかたちを変えて発揮された。押し込まれていても助太郎は戦いの渦中から一歩身を引いて冷静に己《おのれ》を見詰め、勝負の変わり目をじっと待つ気性を持っていた。

「ご一統、一丁ほど登ったところに小さな滝がございまして、平らな岩場がございます。そこにて朝餉《あさげ》を食しまする」

助太郎が宣告して再び前進を開始した。

「文乃、足は大丈夫か」

藤之助は前を行く文乃を気遣った。

足首までの足袋《たび》を履《は》き、しっかりと草鞋《わらじ》で固めて竹杖を突いていた。草鞋は底の一部や紐《ひも》には鹿革が編み込んである、頑丈な山歩きのための履物だった。背に負われた小さな竹籠《たけかご》には刺し子された綿入れや食べ物が入っていた。

「藤之助様、気分も足の運びも爽快でございます」

「山歩きは急いではならぬ。どんなときにも先達にならい一定の足の運びを繰り返すのがこつだぞ」

はい、と返答した文乃の前をおきみがやはり竹籠を負って先行していた。

こちらはさと婆の孫娘だ。足取りが一段と軽やかだし、助太郎に負けず劣らず山を承知していた。

沢には芹《せり》が残っているところもあった。するとおきみは、
ひょい
と岩場を飛んで芹を摘《つ》み、腰前に下げた小籠に入れた。夕餉《ゆうげ》の菜にと考えてのことだ。

藤之助の後ろには相模辰治がいた。辰治は背に布で包んだスペンサー・ライフル銃を背負い、菅笠《すげがさ》を被って杖を突いていた。

此度の山歩きに際して藤之助は三挺《ちょう》のライフル銃を携帯することを家臣に伝えていた。他の二挺は藤之助と内村猪《うちむらい》ノ助《すけ》がそれぞれ負っていた。

初めて異国製の最新式連発銃を経験した猪ノ助はスペンサー・ライフル銃の虜《とりこ》になって藤之助に願い、寝る時も銃を抱えて片時も離さず、手に馴染《なじ》ませようとしていた。

藤之助はライフル銃の他に脇下にコルト・ウォーカーモデル・リボルバー、通称ホイットニービル・ウォーカー四十四口径を携帯していた。

山に入っては射程距離の短いリボルバーは役にたたない。だが、江戸から差し向けられている刺客のことを考え、持参したのだ。さらに藤之助の腰には子供の頃から使い馴れた小鉈《こなた》が下げられていた。

「岩場が濡れておりますで、苔《こけ》に足を滑らせないで下されよ」

と田神助太郎が一行に注意するとするすると岩場に登り、次にくる仲間の手を引いて助けた。

二十畳分ほどの岩場は一行十一人が休むに十分だった。

文乃が今登ってきた沢を眺め下ろし、朝靄が立ち上る片桐松川の景色に見惚《みと》れた。

「文乃さん、籠を下ろして足を休めて」

とおきみが甲斐甲斐《かいがい》しく文乃の世話をした。

江戸育ちで山歩きが初めての文乃を気にしたのだ。だが、文乃は意気盛んで竹皮包みの握り飯を二つ食べ、竹筒に入れてきた茶を飲んだ。一方、相模辰治は、

「山登りとはなかなかきついものですな」

と最初からうんざりとした顔だ。

「辰治、この程度の沢歩きでへばっているようでは伊那谷には暮らせぬぞ。そなたは江戸屋敷暮らししか知らぬゆえよい体験となろう」

「まだ山の頂は見えませぬか」

「沢に入ったばかり、この先、雨乞滝《あまごいだき》がわれらの行く手を塞《ふさ》ぐように見えてくる。そこから段々に屏風岩《びょうぶいわ》、燕岩《つばめいわ》と這《は》い上って烟《けむり》ヶ滝《だき》まで沢登りが続く。その先が本格的な山登りじゃぞ」

「前途遼遠《ぜんとりょうえん》にございますな」

辰治はまだ先が見えぬ山を見た。

「ご一統、忘れものがないようにして下されよ」

提灯を竹籠に仕舞《しま》った田神助太郎が沢登り再開を宣告した。再び縦一列の隊列が組まれた。

藤之助は岩場に立ち上がったとき、背にむずむずとした視線を感じた。明らかに一行を追尾してくる者がいた。

「辰治、文乃の後につけ」

と命じた藤之助は、最後尾を務める古舘光忠《ふるたちみつただ》のところに行き、

「光忠、それがしがしんがりを務める」

と言った。

古舘光忠は陣屋家老片桐朝和の甥《おい》にあたり、家は五十七石と座光寺一族では重臣の一家だった。

「なんぞございますか」

「後ろからだれぞ従うておるようでな」

「私も背中がむず痒《がゆ》いと思うておりました」

「そやつ、伊那の山を甘うみてはおらぬか」

と藤之助が平然と笑い、

「いかにもさようです」

と応じた光忠がお先に、と会釈を残して滝の流れる岩場の乾いた部分を伝い上っていった。

藤之助も今一度視線を沢の下に向けると光忠に従った。

一刻半の沢登りの難行が続き、最後の烟ヶ滝を登り詰めてようやく沢登りが終わった。

田神がここで二回目の休息を一行に命じ、沢登りに濡れた足袋を新しいものに交換させた。

「辰治、文乃、ここから念丈岳の頂に向かって三、四千尺一気に登る。辛ければ田神に早めに申せ。山歩きでは一人の脱落者が全員の士気の低下を招き、時に死へと導くでな」

二人が険しい顔で頷いた。

低木の林を四半刻《しはんとき》も歩くと急な斜面に岩が点々とするところに出た。そこで休息し、田神は全員に持参の干し柿を食べさせた。甘味で元気を回復させた一行は再び登山に戻った。高度を上げる度《たび》に伊那谷が小さく箱庭の景色のようになっていくのが分かった。

不意に風景が変わった。日差しの中、お花畑が広がったのだ。文乃が、

「このような景色、見たこともございません」

と感嘆した。

「文乃さん、まだまだ序の口です」

とおきみが言い、田神助太郎が初心者の辰冶と文乃の腰に帯を巻いてそこに綱を付けて手に持った。

「これからちと急な岩場に差し掛かります」

一刻半後、初心者の二人を励ましながら一行は念丈岳の頂に立っていた。

念丈岳は、標高およそ七千五百尺だ。そろそろ陽光が西に傾きかけ、

「ほれ、尾根伝いに見える頂が奥念丈岳でございますよ。本日は奥念丈岳下の小屋に泊まりますぞ」

と宣告して、念丈岳から奥念丈岳へと最後の行程にかかった。

伊那谷や木曾《きそ》谷の猟師らが岩場の洞窟を利用して岩を積み上げて作った避難小屋に到着して、長い一日が終わった。

「文乃、辰治、よう頑張った」

藤之助が江戸育ちの二人に声をかけた。

「いやはや大山《おおやま》参りさえ行ったことがない牛込御門《うしごめごもん》育ち、われながらよう皆さんに付いてこられたものです。この綱がなければそれがし脱落しておりました」

「辰治さん、江戸には山はないの」

とおきみが聞いた。

「ございますとも。御城の南側にある愛宕山《あたごやま》が一番高い山と聞いたことがございます」

「念丈岳の半分の高さかしら」

「半分もなにもせいぜい百尺あるかなしか」

「百尺、そんなの伊那では山とは呼ばないわ」

愛宕山はおきみに一蹴《いっしゅう》された。

藤之助は水場にいる田神助太郎と古舘光忠の二人の姿を認めて歩み寄り、

「ご苦労であった。初心者連れでこの刻限に奥念丈岳まで登ってきたのだ、上々の首尾であろう」

と先頭と途中までしんがりを務めた二人を労《ねぎら》った。

「藤之助様、ガレ場にかかった辺りから尾行者の気配が消えたと思いませぬか」

「確かに消えた。よそ者が案内人なしに自由に登れる念丈岳ではないぞ」

「山を恐れて里に戻ったのでしょうか」

「それはあるまい」

「となるとこの界隈の山を承知の案内人が付いておるということでございましょう

か」

「そう考えたほうが得心いく」

二人の会話を田神助太郎が聞き、

「迂闊《うかつ》にもそのような尾行者がおることに気付きませんでした。藤之助様が最後尾に付かれたには理由《わけ》がございましたか」

「そなたは、われら一同のことに気配りするのに神経を使っておるでな、致し方ないわ」

「なんぞ明日からの行動で変えることがございましょうか」

「連発銃まで携帯しておるとは知るまい。なによりこの山をわが庭のように承知のわれらよ」

「なにも変えることはないと申されますか」

「いかにもさようだ。明日はまたしんがりをせよ」

三人が避難小屋に入ると囲炉裏《いろり》に火が熾《お》こされ、握り飯を解《ほぐ》して、持参した味噌漬けの猪肉《ししにく》と山菜を入れた雑炊《ぞうすい》が調理されようとしていた。

翌朝、越百山《こすもやま》から仙涯嶺《せんがいれい》への尾根を辿《たど》りながら、文乃は断られることを承知で、

「山歩き」

を志願して認められた幸運を満喫していた。

尾根道の東に伊那谷が広がり、さらにその向こうに雪を被った北岳、間《あい》ノ岳《だけ》、荒川《あらかわ》岳《だけ》、赤石岳の高峰が望めた。いずれも一万尺を越える峰々だ。

尾根の西、木曾側に視線を移せば、中仙道へと走る大平《おおだいら》街道が緑の中をうねうねと延びているのが見えた。

尾根を吹き渡るのは風の音、そして、下界からわずかに鳥の鳴き声が風に乗ってきた。風の音と鳥の声が深い静寂を文乃に感じさせてくれた。

「見よ、文乃」

文乃の先を行く藤之助が仙涯嶺の向こうの右下の崩落した斜面を指し示した。薄く斜面を雲が覆って流れていた。千切《ちぎ》れた雲の間から斜面が見えた。

「百間《ひやつけん》ナギと呼ばれておるところだ」

「山が崩れておるように思えますが」

「いかにもさようだ。われらが目指す南駒ヶ岳の東斜面が崩落を始めておってな、オンボロ沢へと続いておる」

「自然とは恐ろしいものですね」

「おお、ここに来る度に思うわ。天が造り給うた自然に比べれば、われら生き物は小さい、小さい。里から見る伊那の高峰もむろんよい。だがな、こうして自らの足で尾根に登らねば伊那の山並の醍醐味は分からぬ」

と自慢した藤之助が、

「まあ、楽しみは後に待て」

と最後に謎めいた言葉を吐《は》いた。

いつしか百間ナギの大崩落は仙涯嶺の山容に隠れてしまった。

一行は仙涯嶺の頂で朝餉と昼餉を兼ねた握り飯を食べた。おきみと文乃が朝炊いたご飯で作った塩握りだ。それに干し柿を食べて元気を付けた一行は、南駒ヶ岳へと向かった。

雲が風に吹き流されたか、一面のお花畑が眼下に姿を見せてきた。これまでとはまるで景色が違った。雄大にして華やいだお花畑は夏ならではの高山の見物《みもの》だった。

「藤之助様、まあ、待てと申されたのはこのことですね」

「夏のこの季節、一斉《いっせい》に花が咲く。高い峰でしか見られぬタカネシオガマ、ミヤマオダマキ、タカネビランジなど花が群れて咲く光景、ひと目千両と思わぬか」

「いかにもひと目千両にございます」

文乃と辰治は息を呑んで眼下のお花畑に目を奪われていた。

二人の初心者が足を止めたせいで、藤之助も立ち止まり、何気なく最後尾の古舘光忠を振り返った。

そのとき、古舘は藤之助らに背を向けて、修験者《しゆげんじや》が近付くのを睨《にら》んでいた。その後方には山案内の杣人《そまびと》が立っていた。見知らぬ男だった。

「古舘光忠、待て」

藤之助は狭い尾根道を古舘の傍らまで戻った。

七間ほど離れた尾根道に修験者は金剛杖を突き立てて屹立《きつりつ》していた。杁の上にはなぜか笠のようなものが被されてあった。

「座光寺藤之助為清どのとはお手前か」

「いかにもそれがしにござる。其処許《そこもと》はどなたにござろうか」

「熊野古道《くまのこどう》修験者百済弁意斎《くだらべんいさい》にござる」

「熊野の修験者どのが伊那と木曾を見下ろす尾根道にて修行にござるか」

「いや、ちと江戸にて頼まれ事を請負《うけおい》申してな、そなたの命を絶つことになった。覚悟なされよ」

百済はあっさりと宣告した。

「この景色の中で人間の命のやり取りなど野暮の骨頂とは思わぬか、百済どの」
「修験者も人の子、いささかわけがござってな」
「江戸城中に溜間詰派と呼ばれる譜代ご家門の方々がおられるそうな。大方彦根藩主の息がかかった人物から銭で人殺しを頼まれたか」
「そなた、それを承知で平然としておるか」
「慌てたところでこの世の中、どうにもなるものではあるまい」
「死なせるには惜しい人物かな」
百済が金剛杖に被された笠を取り、伊那谷に向かって投げた。すると笠は、
ぱあっ
とすぼめた縁《ふち》を円形に広げ、谷から吹き上げる風にのってくるくると大きな円弧を描いた。すると縁に埋め込まれた刃物が日差しを受けてきらきらと光った。
「光忠、伏せておれ」
尾根道に立つ藤之助の側面から、
びゅん
と不気味な音を立てて笠が襲いきた。
不安定にも狭い尾根道だ。

藤之助は自らも腰を沈めて笠を通過させた。一方で視線は百済と名乗った熊野古道の修験者の動きを注視していた。

笠を捨てた金剛杖の先端に鉄鎖《てつぐさり》がとぐろを巻き、分銅が付けられているのを見てとった。

乳切木《ちぎりき》と呼ばれる武器は、金剛杖を持って振り回したり、鎖で相手の得物をからめ捕ったり、分銅で撃ち砕いたりと多彩な技を秘めていた。

身を躱《かわ》すこともできない尾根道での対決だ。

乳切木は左右横手から攻撃が可能なだけに有利といえた。

百済が金剛杖の石突《いしづき》付近を両手に持ち、
ぶんぶん
分銅を振り回し始めた。

百済と藤之助の間合いは一気に四間ほどに縮まった。さらに百済が敏捷にも尾根道を前後に移動して乳切木を振り回すために、分銅が藤之助の顔面付近に近付いたり遠のいたりした。

腰の助真《すけざね》を抜いて構えれば、分銅が絡んで剣を伊那谷か木曾谷へと弾き飛ばすだろう。

藤之助は間合いを測りつつ、腰に下げた小鉈に手をかけた。

百済が一気に迫ってきた。

藤之助の横手から分銅が襲いきた。

腰を沈めた藤之助が分銅を躱すと同時に尾根道の上に高々と跳躍していた。そして、手にした小鉈を百済弁意斎の額《ひたい》目掛けて投げ打った。

乳切木を振り回す百済は分銅の遠心力の中心にあって直《す》ぐには間合いを変えることが出来なかった。

ために狙い違わず藤之助が投げた小鉈を額に受け、
ぎえぇっ
と叫び声を残した熊野古道の修験者は、伊那谷へと転がり落ちて消えた。

その時、藤之助は長年手に馴染《なじ》んだ小鉈を失ったことに思いをいたしていた。

四

藤之助を含む座光寺一族の子弟九人が南駒ヶ岳の頂付近に列し、眼下の伊那谷を挟んで望む甲斐《かい》駒ヶ岳、仙丈《せんじょう》ヶ岳《たけ》、塩見《しおみ》岳《だけ》、荒川岳、赤石岳の一万尺の嶺々と相対《あい》しながら、木刀を構えた。

「信濃一傳流かたち稽古、奉献申す！」

座光寺一族の当主藤之助為清は、赤石山脈の山並に届かんばかりの大声で告げると、藤之助以下九人の若武者が一斉に木刀を頭上に突き上げた。

「流れを呑め、山を圧せよ」

藤之助らは気宇《きう》壮大《そうだい》な気構えで木刀を翳《かざ》すと、

「え、ええいっ！」

の気合いと同時に木刀を振り下ろした。

文乃とおきみは、九人の若武者が振り下ろす木刀が伊那谷上空の大気を斬り裂き、その波動が谷を越えて赤石連山へと伝わっていくのを確かに見ていた。

四半刻余り、信濃一傳流の技の数々を披露し、山と川にかたち稽古を奉献した一同は文乃とおきみを加え、その場に座してしばし瞑想《めいそう》の時を過ごした。

南駒ヶ岳の頂上に悠久の時がゆったりと流れていく。

藤之助は無念無想、一切の雑念を排して南駒ヶ岳の頂を吹き抜ける風に身を預けていた。

そんな無心の時がどれほど流れたか。

藤之助の脳裏に忍び寄る人影がおぼろに浮かんだ。

静かに瞼《まぶた》を開くと一同に向い、

「われら、赤梛岳《あかなぎだけ》から空木岳《うつぎ》に向かう」

と下山道の変更を命じた。

先導役の田神助太郎は、藤之助の変心をただ、

「畏まりました」

と受けた。

一行はそれぞれの荷を負い、さらに北に向い尾根道を歩き出した。

南駒ヶ岳から赤梛岳への間の尾根道は右手に擂鉢窪《すりばちくぼ》と呼ばれる、その昔、存在した氷河地形を見事なまでに残していた。

「文乃さん、この足下の氷河跡には春先になると五人坊主が姿を見せて、田植えの季節の到来を告げるの」

おきみが文乃に説明した。

「五人坊主って何者」

「人ではないの。春になって気温が高まると雪渓《せっけい》が溶けて跡が残るの、それを伊那谷の人は五人坊主と呼んで田植えの時期を告げ、秋の豊作を占うと信じられているの」

文乃は一歩一歩進みながらも足下の氷河の痕跡《こんせき》、摺鉢窪を見下ろした。背にぞくぞくとした冷気が走るほどの高さと切り立った岩壁であり、その下に大きな口を開けた摺鉢窪だった。そして、大崩落、百間ナギはその下から始まっていた。

文乃の恐怖を忘れさせたのは摺鉢窪のお花畑だ。一面にコマクサの群れが広がり、なんとも見事な景色だった。

藤之助は背に木刀を負い、手にはスペンサー・ライフル銃を保持していた。姿も見せず、後から追尾してくる者たちの存在に危険を感じたからだ。だが、ライフル銃を携帯する内村猪ノ助と相模辰冶にはそのことを告げなかった。いたずらに恐怖心を煽《あお》る要はないと思ったからだ。

先頭を行く田神に赤棚岳の頂付近で追い付いた藤之助は、

「空木岳から本谷《ほんだに》を飯島村《いいじまむら》に下ろうと思うておるが、文乃と相模の足で里までおりられそうか」

と聞いた。

空木岳からの本谷下りは切り立った岩壁とガレ場を通過した後、長い沢歩きが待っていた。

「われらが二人の前後を固めればなんとか飯島村に下ることができましょう。されど一夜、本谷のどこかで夜を明かすことになります。あの辺りには杣小屋《きこり》も避難小屋もございませんゆえ、野宿になります」

二人が話すところに一同も集まってきた。

「もはや気付いておる者もいよう。われらの背後から大勢の者たちが追ってくる」

「敵方ですか」

田村新吉が聞いた。

「おそらく最前の百済弁意斎の仲間であろう、百済はこちらの手の内を探りに出された捨て駒よ。熊野古道の修験者の一団となれば山には慣れておると考えよ」

はっ、と一同が畏まった。

「田神の傍らにライフルを持った内村猪ノ助が従え。相模辰治、最後尾を古舘と一緒に固めよ」

藤之助は手にしていたスペンサー・ライフル銃を最後尾の古舘光忠に渡した。

最新式の飛び道具を携帯した三人を列の先頭と最後尾に配した藤之助は、自らは遊軍として自由に前後に移動できるようにした。

「よし、空木岳に向かって前進致す」

藤之助の命で、一行は再び尾根道を空木岳に向かった。

山案内の田神助太郎の直ぐ後ろに藤之助はまず付いた。

「藤之助様、追跡者はどれほどの人数と考えればようございますな」

「われらに倍するほどの人数と見た。それほどの人数を動かす以上、命じた者も命じられた者らもよほどの覚悟とみゆる」

「伊那の山々には慣れた私どもですが、敵方も修験者となればまず山での勝負は互角、人数の多い敵方がわずかに有利にございましょうか」

田神助太郎の声音は平静だった。

「なんぞ考えはあるか」

「空木岳に辿り着けば、われらの前に二つの道が口を開いております。一つは藤之助様が選ばれた本谷に下る谷伝い、今一つは尾根道をさらに北進して木曾殿越《きそどのごえ》をして木曾駒ヶ岳に至る道にございます」

「駒ヶ根《こまがね》に下る尾根道じゃな。考えんではなかったが女連れの尾根歩き、山中二日ほど宿泊を重ねねば里に出られまい。やつらが大人数をわれらに割いただけか、それとも山吹陣屋にも別手組を差し向けたか、気になるところよ」

藤之助は信濃一傳流のかたち稽古の奉献が終わった今、山吹陣屋に一刻も早く戻り、一族と合流して未知の敵方に当たることを考えていた。それを察した田神助太郎が聞いた。

「追跡者はいつ姿を見せると思われますか」

「われら一同に疲れが見えたとき」

藤之助の明快な返答に田神助太郎が大きく頷いた。

空木岳の頂に到着し、顔を合わせた。

「古舘、背後はどうか」

「藤之助様が申されるようにひたひたと追尾してくる気配はございますが、姿を見せることはありませぬし、また間合いを詰めようとも考えておらぬ様子です」

決断が迫られていた。

空木岳から尾根道を外れて本谷沿いに飯島村に下るか、尾根道を進んで木曾駒ヶ岳のほうに向かうかだ。どちらにしても山吹陣屋へ戻るには二日から三日を覚悟せねばならなかった。その間に文乃らの疲労が蓄積すると一行の行動力も落ちてくる。

あるいは奴らを誘《おび》き出すかと藤之助が考えたとき、

「藤之助様、まだ光がございます。一か八か、百間ナギを横切り、オンボロ沢に出ませぬか」

と田神助太郎が言い出した。

藤之助らが辿ってきた尾根道の真下の百間ナギを横切り、オンボロ沢から与田切川《よだぎりがわ》へと出れば、沢伝いに七久保村《ななくぼむら》に至る。

「田神、百間ナギを横切ったことがあるか」

藤之助はさすがに百間ナギ越えを経験したことがなかった。

「爺様が元気な時分、二度ほど百間ナギの上下を越えました」

「そなたの判断に任す」

「ならば百間ナギ下をオンボロ沢へと抜けます。明かりがある内にオンボロ沢の水源付近に出られるかと存じます」

そこまで行けば迷わずに伊那街道に出ることができた。だが、危険が伴う選択だった。

「よし、一同に申し伝える。百間ナギを横断致す。承知のように大崩落がしばしば起る地帯、摺鉢窪からの大崩落が襲いくれば、われら、命を失うやも知れぬ。じゃが、年寄りばかりを残した山吹陣屋が気にかかる。一刻も早く陣屋に戻り着くにはこの百間ナギを斜めに突っ切るしかない、覚悟はよいな」

「畏まって候」

藤之助の決断を聞いた一行は竹籠の荷を詰め直し、文乃や相模辰治の江戸組は身軽にさせた。辰治が負っていたスペンサー・ライフルは田村新吉に渡し、竹杖だけの姿になった。

空木岳下から垂直にそそり立つ岩場の間を縫っての下降が始まった。

山案内の田神助太郎がいなければ出来ない芸当だ。

頂から半刻後、一行は空木岳の真下の岩場に降り立っていた。そこから尾根下の、摺鉢窪、百間ナギを横切る危険な下りが待ち受けていた。

その時、藤之助は最後尾を務める古舘光忠の姿がないのに気付いた。

その前を歩いていた田村新吉に藤之助は聞いた。

「古舘の気配がないがそなた承知しておらぬのか」

「申し訳ございませぬ。下るのに必死でつい古舘どのの足音が消えたのを見逃しました。捜しに戻りましょうか」

と田村が答えたところに古舘光忠が姿を見せた。

「藤之助様、やつら、空木岳の頂に到着致しました。その数、およそ三十人余、修験者の中には猟師鉄砲や弓矢を持参しておるものが混じっております」

「修験者にあるまじき行いかな。われらが百間ナギを横切ろうとしていることを承知の様子か」

「いえ、それは気付いておりませぬ。われらの気配が消えたことを知り、斥候《せっこう》を出してわれらの足取りを確かめております」

「ならばその間に百間ナギを越えようぞ」

田神が全員の腰に綱を装着することを命じ、腰紐《こしひも》に綱を通した。これで先頭の田神助太郎から最後尾の古舘光忠まで一本の綱で結ばれたことになる。だが、藤之助は隊列の前後を自在に動き回れるように綱を付けなかった。

百間ナギに向かい、斜面を横切り始めた。空木岳から今度は南駒ヶ岳に向い、尾根道下を逆行するのだ。そのためにお花畑を真上に見ての下りとなった。

文乃が百間ナギの上方の切り立った巨大な岩壁を見て、足を竦《すく》めた。岩壁の高さは五、六百尺は優にあった。

「文乃、見上げるでない」

「はい」

「浮石に気を付けて一歩一歩進むのだ」

「はい」

と文乃が答えたとき、

がらがら

と音が虚空に響いて一行の視界の前を岩が崩落していった。

「ここを横切るのでございますか」

相模辰治が怯《おび》えた声を上げた。

「辰治、そなたも座光寺一族の侍《さむらい》ぞ。心を平静に保ち、百間ナギに立ち向かえ」

「はっ」

藤之助は、最後尾の古舘光忠と田村新吉を待った。

「ここが勝負だ。百間ナギ越えの最中に襲われたくはないものよ」

「藤之助様、われら二人、しばらくこの場で相手方の動きを見守ります。本隊が無事渡りきったところでわれらも百間ナギを通過致します」

と光忠が藤之助に願った。

十一人を二組に分けることが是か非か、藤之助が迷った。

そのとき、先頭のほうから悲鳴が上がった。

文乃の声だ。

藤之助が振り向くと一行が百間ナギの途中で立ち止まり、尾根道を仰ぐように見ていた。なんと高さ数百尺の岩壁を縄一本に身を託した熊野古道修験者たちがするすると摺鉢窪に向かって懸垂《けんすい》下降していた。

その数、十五、六人か。猟師鉄砲や弓矢を背に負っている者が半数ほど混じってい
た。
「藤之助様、背後からも姿を見せました」
と古舘の緊張した声がした。
修験者の一団は総勢三十人余を二組に分けて、百間ナギの途中にいる座光寺一行を
前後から挟み込もうとしていた。
「古舘、田村、背後の敵をしばらくの間食い止めよ」
「畏まりました」
と二人が縄を外し、手近の岩に身を隠してスペンサー・ライフル銃の銃口を後方に
向けた。それを確かめた藤之助は百間ナギの斜面を飛ぶように走り、再び前進を始め
た本隊に追いつこうとした。
田神助太郎は文乃と相模辰治の足を考え、ゆっくりとだが、確実に歩を進めなが
ら、
「相手の動きを気にするでないぞ。百間ナギを渡り切ることだけを考えよ」
と鼓舞していた。
その本隊後部に藤之助が追い付いた。

銃声が起こったのはその時だ。

振り返ると背後から追跡してきた修験者に向けて、古舘と田村が牽制《けんせい》の銃弾を放ったところだ。まさか連発銃で武装しているとは想像もしなかったか、背後からの追跡者が百間ナギの上に向かって慌てて方向を変えた。

岩壁を懸垂下降する飛び道具の一隊と合流する気か。

藤之助は岩場を一気に下りてきた修験者の一団が摺鉢窪の上に立ったのを見た。なんとも迅速《じんそく》極まりない身のこなしだ。

百間ナギを一気に下りられたら、藤之助らは身動きの利かない百間ナギで真上から襲いかかられることになる。

再び銃声が響いた。

古舘らが背後から襲いかかるのを諦め、岩場から懸垂下降してきた飛び道具組に合流しようとした一団を追い立てる銃声だった。そのためにばらばらになって修験者たちが摺鉢窪組に合流しようと必死で走って向かった。

摺鉢窪組はそのために行動を中断して別動隊を待って、合流する気配を見せた。

田神はなんとしてもの一念で仲間たちを百間ナギの向こうに渡そうとしていた。藤之助はあと二十間ほどで百間ナギが終わるのを見た。

その時、修験者の一団が摺鉢窪から一気に百間ナギのガレ場に飛び降りると、
ぴょんぴょん
と身軽に浮き石に体重をかけないように飛びながら藤之助らに上方から襲いかかろうとした。

「田神、最後の辛抱じゃぞ、急ぐでない。確かに百間ナギを越えさせよ」

と命じた藤之助は脇下からコルト・ウォーカーモデル・リボルバー、通称ホイットニービル・ウォーカー四十四口径を抜き出した。

ガレ場の石を軽々と飛び渡って接近する修験者の一団の足元を狙いもせずに引き金を引いた。

四十四口径の銃弾が崩落して積み重なる岩を一発二発と撃って跳弾した。だが、修験者らは下降を楽しむように岩の上を滑り下りながら、猟師鉄砲や弓矢を構えると藤之助を狙った。

百間ナギの向こうから古舘と田村が藤之助の真意が分からぬままに、岩場を飛びながら下りてくる修験者たちを狙い撃った。

三発目、変化が生じた。

古舘と田村の撃った銃声とも重なり、百間ナギがずるずると動き始めた。

「藤之助様、渡り終えましたぞ！」

田神助太郎の声を聞きながら、藤之助は最後の残弾三発を連射した。

百間ナギが轟音《ごうおん》を立てて動き出していた。

山が崩れて動いていた。

「藤之助様！」

文乃の悲鳴を聞いた藤之助はその場から走り出した。頭上から、

ごろごろ

と岩や石が落ちてくる。

「おおおっ！」

という驚きの声が上がった。

百間ナギの大崩落に巻き込まれた熊野古道修験者の一団三十人余が次々に姿を没していく光景はおぞましくも人間の想像を絶する恐怖だった。

「藤之助様、こちらへ」

大きな岩の頂に避難した田神らの間から指示の叫びがあがった。

百間ナギが轟音を響かせて火山の噴火のような噴煙が上がるなかを、藤之助は渡り切った。だが、その一帯も小石がばらばらと飛んでいた。

田神らが避難した岩場になんとか駆け上がったとき、百間ナギの大崩落は飯島村の傍《そば》まで達していた。

後々、伊那谷で安政の大崩落と呼ばれるものだった。

音が去り、煙が消えたとき、百間ナギの景色は一変していた。摺鉢窪から長年かかって崩れ落ち、積み重なっていた膨大な量の岩がすべて消えていた。そして、百間ナギの向こうに古舘光忠と田村新吉の姿がぽつんとあった。

ふうっ

と相模辰治が息を吐くと岩の上にへたりこんだ。

第三章　江尻湊《えじりみなと》の奇遇

一

時又《ときまた》の川湊《かわみなと》を過ぎると奇岩怪石の連なりが天竜川《てんりゅうがわ》両岸に見える。

若緑が美しい断崖絶壁の天竜峡を一隻《せき》の船が矢のように下っていき、岩に当たった流れが水飛沫《みずしぶき》になって乗船の男女の頭から降り注いでいた。

舳先《へさき》に立つ助船頭《すけせんどう》が、

「ほれ、見なされ。苔《こけ》むした岩に仙人様が腰を下ろして釣り糸を垂れておられようが、あの岩を垂竿磯《すいかんき》ともさぶりとも呼ばれる」

とか、

「こちらのてらが淵《ふち》をご覧なされ。烱々潭《けいけいたん》とも呼ばれる水底深い淵には昔から恐龍が棲《す》むといわれて、水中から行き交う船を炯々たる眼光で睨《にら》んでおられますぞ」

　などと説明を加えてくれた。その他、奇岩には浴鶴巌《よくかくがん》とか、龍角峯《りゅうかくほう》とか、芙蓉峒《ふようどう》などと凝《こ》った名前が付けられて、助船頭が一々それらの謂《いわ》れを説明すると船に弱い文乃《あやの》もつい釣り込まれて聞き入った。

　仲夏の光が天竜川を照らし付けていた。

　海抜およそ二千三百尺（七百五十九メートル）の諏訪湖《すわこ》から遠州灘《えんしゅうなだ》へと流れ下る全長五十四里（二百十三キロメートル）の激流だった。

　再び船は急流に差し掛かった。

　助船頭の話に引き込まれ、川岸の若葉や奇岩を楽しんでいた文乃の口から再び悲鳴が上がった。

「文乃、そなたは怖いもの知らずと思うたが、船はだめか」

　藤之助《とうのすけ》が胴の間にへたり込む文乃に笑いかけた。

「ようまあ、このように揺れる船中、平然としておられますな」

　と青い顔の文乃が藤之助を睨み付けた。いつもの元気を欠き、睨みにも力がなかった。

「見よ、舳先と艫《とも》に老練な船頭が二人も乗って竿《さお》と櫓《ろ》捌《さば》きで巧みに流れを乗り切る様《さま》を。船頭衆は天竜の瀬を知り尽くしておるわ。これ以上の安心があるか」

「ふうっ」

と一つ息を吐《は》いた文乃が顔を上げた。

流れが緩やかになって船が落ち着いたせいだ。

「藤之助様、酒が用意してございます」

と供の田神助太郎《たがみすけたろう》が持参の徳利《とっくり》を差し示した。

「緑を愛《め》でながら天竜の船下りの酒も悪くないな」

藤之助の言葉にもう一人の連れの古舘光忠《ふるたちみつただ》が茶碗を差し出した。

「その方らも付き合え」

船には三人目の家臣の内村猪《うちむらい》ノ助《すけ》が同乗していた。

文乃も風呂敷包みのお重を広げて小皿などを配った。茶碗が四人の男らに配られ、徳利が回って酒が注がれた。

「なんともこの数日、忙《も》しいことであったわ」

藤之助がしみじみと洩らしたものだ。

南駒ヶ岳《みなみこまたけ》下の百間《ひやつけん》ナギの大崩落を眼前に見た一行は、崩落した百間ナギの向こうにぽつねんと取り残された古舘光忠と田村新吉《たむらしんきち》を見て、ほっと安堵《あんど》した。その二人がまだ岩が転がり落ちる百間ナギを慎重な足取りで横切り、本隊に合流してくるのを待ってオンボロ沢へと下った。

その日、オンボロ沢と与田切川《よだぎりがわ》が合流する岸辺で一夜を過ごした一行は、翌日、川沿いに下って最初の集落七久保《ななくぼ》に出た。さらには伊那《いな》街道の与田切宿に下って、ほっと一息吐《つ》いた。

残された行程は、馴《な》れた伊那街道である。中馬《ちゅうま》や旅人が往来する街道を急いで山吹《やまぶき》まで急ぎ、夕暮れ前には陣屋に戻り着いた。すると用人格の彦野《ひこの》儀《ぎ》右衛門《えもん》が玄関に飛び出してきた。

「た、大変にございます」

一瞬藤之助らは陣屋が熊野《くまの》古《こ》道修験者《どうしゆげんじゃ》らの別動隊に襲われたかと考えたが、その様子はない。

「なにをうろたえておる、儀右衛門」

「はっ、はい。老中首座堀田《ほった》正睦《まさよし》様の御急使が昨日陣屋に到着、藤之助為清《ためすが》様のお戻りをお待ちにございます」

「そのことか」

老中首座からの急使が山吹陣屋に到着したことに儀右衛門は狼狽《ろうばい》していた。

「陣屋じゅうが老中首座堀田様からの早馬というので大騒ぎにございます」

藤之助が陣屋書院の間に通ると、陣屋家老の片桐朝和《かたぎりあさたか》が何事か筆を持って思案していた。

「朝和、堀田様の使いが見えておるそうじゃな」

片桐には老中首座堀田の年寄目付陣内嘉右衛門《じんないかえもん》の使いがくることもあろうと前もって告げ知らせていた。だが、急使は陣内の主《あるじ》、堀田正睦直々《じきじき》に発せられたようだ。

「まさか堀田様の御急使とは思いも致しませんでした」

廊下に足音が響き、

「老中首座御使にございます」

と継 裃《つぎかみしも》姿の二人の若侍を儀右衛門が案内してきた。

「留守を致し、迷惑をお掛け申した。それがし、座光寺《ざこうじ》藤之助為清にござる」

山歩きのなりのまま、藤之助は御使を迎えることになった。

「われら、堀田正睦が近習塩沼精兵衛《きんじゅしおぬませいべえ》」

「同じく長岡百左衛門《ながおかひゃくざえもん》にござる」

とそれぞれが挨拶《あいさつ》を返し、塩沼が持参の書状を藤之助に差し出した。

「拝見致す」

書状は堀田直々に認《したた》めた書状であった。ということは堀田の懐刀《ふところがたな》陣内嘉右衛門は江戸を不在にしているということか。

封を披《ひら》いた藤之助は堀田正睦の書状を二度読み下し、片桐朝和にその書状を渡した。

「御役目、ご苦労にござった。堀田正睦様にこうご返答を願おう。座光寺為清直《ただ》ちに御下命《ごかめい》の先へと向かうとな」

塩沼と長岡がほっと安堵した表情を示した。

「塩沼どの、長岡どの、伊那谷の山吹陣屋、なんのお構いもできぬが今宵《こよい》ゆるりと過ごして下され」

「はっ」

と畏《かしこ》まって御使が儀右衛門の案内で書院から下がった。

片桐朝和が藤之助を見た。

「長崎伝習所剣術教授方のお役目解《と》かれましたか」

「講武所《こうぶしょ》の剣術教授方に転ずるかと思うたが、老中首座堀田正睦様付とはな。それがし、政事には不向きじゃぞ」

「堀田様になんぞお考えがあってのことかと思います」

と応じた片桐朝和が、

「豆州下田《ずしゅうしもだ》にはいつ参られますな」

「明朝に出立《しゅったつ》致す」

しばし考えに落ちた片桐朝和が、

「藤之助為清様、船で一気に天竜を下りませ。伊那街道を行くより半分の日数で浜松《はままつ》に到着致しましょう」

「手配願おうか」

片桐朝和が儀右衛門を呼んで即刻命じた。

老中首座の御用だ。天竜下りの船を用意することなどそう難しいことではない。船頭も伊那谷で天竜下りの名人と呼ばれる親子が選ばれることになり、夜を徹しての準備が始まった。

「為清様、連れはどうなされますな」

「江戸から伴ってきた彦野儀右衛門と相模辰冶《さがみたつじ》は山吹陣屋に残す。代わりに古舘光忠、田神助太郎、内村猪ノ助を下田に同行致す。朝和、この件、どうじゃな」

「激しく動く外交の現場をあの者らに経験させることは座光寺一族の者にとって大切なことと存じます。この人選なればまず間違いございますまい」

「若い家来は全員連れていきたいがそうもいかぬ。当分、陣屋が手薄になるが頼む」

お任せ下さいと頷《うなず》いた片桐朝和が、

「文乃はどうなされますな。しかるべき時期に伊那から江戸へ供を付けて戻しましょうか」

「嫁入り前の大事な娘を座光寺領まで連れてきたは、それがしの責任である。下田に同道し、御用が長引くようなれば下田湊から御用船にて江戸に戻す。その方が安心であろう」

と手配りが決まったのだ。


天竜川を下りながらの酒だ。四人の男たちは一杯の茶碗酒で陶然としてきた。文乃は船には弱いと言っていたが食欲だけは盛んと見えて重箱に詰めてある煮しめを菜に握り飯を美味《おい》しそうに食していた。

「藤之助様、下田湊には長逗留《ながとうりゅう》となりましょうか」

堀田正睦の書状には、

「即刻下田湊中村御役所《なかむらおやくしょ》（下田奉行所）に出向せよ」

とあっただけでその役目も滞在の期日も記してはなかった。

「さて長くなるか直《す》ぐにも終わるか、亜米利加《アメリカ》総領事タウンゼント・ハリスと下田奉行の会談の行方《ゆくえ》次第であろう。それがしが呼ばれたということは会談の終結が近いということであろうか」

「下田とはどのような所にございましょうな」

内村猪ノ助が感慨深そうに呟《つぶや》いた。

下田行きの従者に古舘光忠が選ばれたことはだれの目にも異論はなかった。座光寺一族の重臣の家系であり、思慮深く武術にも長《た》けていることは山吹陣屋でも知られていた。また陣屋家老片桐朝和を継ぐ人物は、この古舘光忠しかおらぬことは誰もが認めるところだった。

しかし、下士の田神助太郎と内村猪ノ助が指名されたことは少なからず陣屋内に動揺を呼んだ。

だが、藤之助が指名し、朝和が了承したことにだれも口に出して不満を漏《も》らす者はいなかった。

藤之助は山歩きでの言動を勘案して二人を選んでいた。田神は山に精通しているばかりではなく、一行への気配りが細やかであったし、内村猪ノ助にはこの際、西洋の最新式の武器を体験させようと同道させた。

伊那に残されることになった相模辰治を呼んだ藤之助は、

「辰治、そなたは江戸育ちゆえひ弱過ぎる。この際だ、山吹陣屋で片桐朝和の指導を受けて逞《たくま》しくなれ。いずれわれらは戦乱を経験することになろう、そのとき、必ずや山吹陣屋での修業は役に立つ、相分《あい》かったか」

「はい」

と辰治も若い主の説得を素直に受け入れた。

山吹陣屋は天竜川の全長、諏訪湖の水源からおよそ三分の一辺りに位置し、藤之助らは遠州浜松の河口まで三十五、六里を一気に下ろうというのだ。

陸路で行けば文乃を連れての道中、四日から五日の行程だった。だが、船下りならば二日で東海道に出ることができた。むろん川下りを知り尽くした老練な船頭の助けがあってのことだ。

七つ立ちして山吹陣屋を出た船は、一日目は秋葉《あきば》神社近くの岸辺で野宮することにした。

船には夜具も食べ物も積んであるから山で寝るよりはるかに快適だった。

「文乃、応《こた》えたか」

「いいえ、船旅にだいぶ慣れましてございます」

船を石ころだらけの岸辺に引き上げた後、藤之助が気遣《きづか》うと文乃が気丈にも答えた。

「藤之助様、海と川ではどちらが楽でございますな」

「さて一概《いちがい》には比べようもない。じゃが、大海原は果てしないでな、それに荒天の海は人をも呑《の》み込む」

藤之助の脳裏に駿河灘《するがなだ》の荒れた海に呑み込まれた藤掛漢次郎《ふじかけかんじろう》の姿が浮かんでいた。

「川も十分に荒れておりました」

「海が荒れたときは、高さ何丈もの真上から波が襲いくるわ」

「なんとも恐ろしいことです」

藤之助は内村猪ノ助を呼んで、持参のスペンサー・ライフル銃を持ってこさせた。人里離れた河原には藤之助の一行の他に人影はない。

藤之助は岩場の上に大小の小石を並べて、三十間（五十四・六メートル）ほど離れた位置にスペンサー・ライフルを構えて立った。

「猪ノ助、そなたは目がよい。猟師鉄砲の扱いにも慣れておる。あとは異国人が開発した連発銃の仕組みとこつを飲み込むことじゃぞ。それには実射を一発でも多く経験することだ。これから旅の間に射撃の訓練を加える、下田湊に到着するまで会得《えとく》致せ」

と命じ、三十間先の小石を見た。

拳《こぶし》から小さな南瓜《かぼちゃ》ほどの大小七つの石が岩の上に並んでいた。

スペンサー・ライフル銃本体にはさほどの重量はない、他の銃に比べれば軽いといえた。だが、五十二口径という大口径の銃弾を銃床内の筒状弾倉に七発直列に装填《そうてん》するとなかなかのものだった。

藤之助は用心金を兼ねるレバーを操作して一発目を送り出した。

中央の拳ほどの小石に狙《ねら》いを定めた。

河原には風もなく静寂だけがあった。

内村猪ノ助は食い入るように藤之助の一挙一動を見守っていた。

息を止めた藤之助の指先が引き金を絞り、五十二口径の銃弾が飛び出して銃口が跳ね上がった。

銃弾は三十間を飛んで小石を粉砕した。さらに藤之助はレバーを操作すると二発目を送り出し、次々に射撃を続けた。七発の銃弾がすべての小石を粉砕して、藤之助の足元に七つの薬莢《やっきょう》が転がった。

船頭親子が呆然《ぼうぜん》として藤之助の射撃に見入っていた。

「猪ノ助、そなたの番じゃぞ」

スペンサー・ライフル銃を渡した。

藤之助は三挺《ちょう》持参したライフルの内、二挺を山吹陣屋に大量の銃弾と一緒に残してきた。陣屋の者たちが戦場に赴いたとき、異国の銃の扱いに慣れておくためだ。そして、残りの一挺を猪ノ助に携帯させていた。

田神助太郎が岩場に石を置きに走り、南瓜ほどの石を七つ並べて藤之助らのところに戻ってきた。

猪ノ助が手際よく銃弾を装塡すると銃床を肩にぴたりと当てて、狙いを付けた。慎重に一発目を発射した。狙った石のわずかに上を銃弾が飛び去った。二発目、同じく上方に外れた。

藤之助はなにも注意を与えない。

猪ノ助は連発銃の銃弾が的《まと》に命中しないのはなにゆえか、摑《つか》みかけていた。剣の技も銃も畢竟《ひっきょう》自らが会得するしかない。それが師の忠言であったとしても、その言葉の意味が身に付くまでには己《おのれ》との格闘があった。

三発目、猪ノ助は照準を微妙に調整して石に命中させた。残りの四発はすべて石に命中したが粉砕するまでには至らなかった。

「こつを摑めてきたか」

「いささか」

誇らしげに猪ノ助が答えた。

「藤之助様、われらにも連発銃を教授して下され」

と古舘が願った。

「光忠、陣屋に残したで銃弾が限られておる。下田湊に着けば銃弾の調達がつこう、下田で存分に撃たせるでしばし辛抱せえ」

藤之助が言ったとき、河原に夕闇が迫ってきた。

「火を熾《おこ》し、夕餉《ゆうげ》の仕《し》度《たく》をするぞ」

藤之助の命に河原で流木拾いが始まった。


明け初《そ》めた翌朝七つ半（午前五時）、秋葉神社下の天竜河原を再び出立した船は、流れが緩やかになった川を長閑《のどか》に下り、東海道に架かる天竜の船着き場に着いた。

この付近、天竜川は、

「川幅十町許《ばかり》、一ノ瀬、二ノ瀬の二流となる。船渡し也」

と東海道名所図会に記される河原で、

「まこと天竜の河原にのぞめば、風烈《はげ》しく砂礫《されき》を飛ばし、輿《こし》の戸を打つ音ばらばらと聞こゆ」

と『改元紀行』にも記録された場所だが、藤之助が船で到着した日は真《まこと》に穏やかだった。

「孫兵衛《まごべえ》、太郎助《たろすけ》、そなたらのお陰で楽をさせてもろうた」

藤之助は伊那に船を曳《ひ》いて帰る船頭親子に過分な酒代を渡して、親子と別れた。

二日目の最後の行程は見附《みつけ》宿までの歩きだ。

「東海道を三島《みしま》まで歩いて伊豆路に入りますか」

と古舘が藤之助に聞いた。

「まず江尻《えじり》まで東海道を行き、伊豆行きの船を探す。西伊豆は街道が未《いま》だ整うておらぬでな、その方が早かろう」

藤之助は瀬紫《せむらさき》を追っての豆州戸田《へだ》行を思い出していた。

「えっ、また船でございますか」

文乃が愕然《がくぜん》としたように驚きの声を上げた。

「川から海に変わるゆえ、文乃の気分も変わろう。それにな、楽しみがあるぞ」

「なんでございますか」

「あとの楽しみにしておれ。船旅が楽しくなるわ」

と答えた藤之助が一行の先頭に立って見附宿に向かって天竜河原から歩き出した。

二

翌日、見附を立った一行は袋井《ふくろい》、掛川《かけがわ》、日坂《にっさか》、金谷《かなや》と過ぎて、大井川《おおいがわ》を川越《かわごし》人足に願って徒渡《かちわた》りした。

川会所《かわかいしょ》を過ぎ、島田《しまだ》宿で徒歩行の二泊目となった。

徒歩行の三日目は島田から藤枝《ふじえだ》、岡部《おかべ》と過ぎて、宇《う》津《つ》ノ谷《や》峠越えで眼下に駿河灘の絶景を楽しみながら丸子《まりこ》宿で名物のとろろ飯を昼餉《ひるげ》に食した。徳川家所縁《ゆかり》の府中《ふちゅう》から東海道を一旦《いったん》外れて久能《くのう》道を通り、久能山名物の十七曲千百五十九段の石段を登って家康《いえやす》公の霊廟《れいびょう》に藤之助はお参りして、

「首斬安堵《くびきりあんど》」

の秘命を守り抜く決意を無言裡《り》に告げた。

「見よ、駿河灘の向こうに延びる松林と山並を。あれがわれらの向かう伊豆半島よ」

石段の下りにかかったとき、藤之助は駿河灘の向こうに延びる伊豆半島を一行に教

えた。

「あれが豆州にございますか、下田湊はどのへんに見えるのです」

「文乃、われらが見ておるのは半島の西海岸じゃぞ。半島の先端石廊崎《いろうざき》を回った、山の向こうが下田湊だ」

「藤之助様、確かに東海道を辿《たど》って三島宿から半島を縦断するのでは時間がかかりますな」

古舘光忠が海行を認めたように言った。

「豆州戸田湊が手にとるように見えよう。海上七、八里で戸田湊に辿りつく。光忠が申すように東海道から半島の険岨《けんそ》な山道を上り下りして下田に向かうとなると五日、いや、六日はかかろう。陸行と海行では比べものにもならぬわ」

藤之助の言葉に文乃が、

「この凪《なぎ》の海なら船酔いも致しますまい、それに船旅には楽しみもあると藤之助様が申されました。私は船旅でも大丈夫でございます」

としぶしぶ賛成した。

「よし、江尻に下って船を探そうぞ」

一行は勇躍久能山の石段を下って江尻湊で風待ちする千石船《せんごくぶね》を見ながら、まずは旅籠《はたご》を探すことになった。

風待ち湊の江尻は海路と陸路が交わる交通の要衝であり、本陣二、脇本陣三、旅籠五十軒ほどが軒を連ねていた。その他、湊付近には回船《かいせん》問屋が看板を上げて、風待ちする帆船の用に供していた。

藤之助らは湊近くの甲州屋《こうしゅうや》という宿にまず草鞋《わらじ》を脱いだ。

「ご一行様、お疲れにございましたでしょうな。本日はどちらからでございましたな」

愛想のいい女衆が濯《すす》ぎ水《みず》を運んできて、文乃に聞いた。

「島田宿から参りました」

と応ずる文乃と田神、内村を先に宿に入れ、光忠を従えて回船問屋を訪ねることにした。

「おや、回船問屋になんぞ御用がございますので」

番頭が藤之助と古舘の会話を聞いて尋ねてきた。

「豆州下田行きの船を探しておる」

「女連れの五人様にございますか。当節、異国の船がうろうろしておりましょう、船頭衆も面倒に巻き込まれたくございませんで、荷運びだけに専念しておりますからい

「ささか無理かと存じますな」

と番頭が首を捻《ひね》った。

それは最初から分かっていたことだ。だが、藤之助は最初から老中首座の威光は借りたくはなかった。

江尻で二、三日留まることになっても船に乗船できれば下田到着が徒歩行より早いと考え、腰を据える気でいた。それでも駄目なら老中首座の威光にすがる、そう考えて江尻入りしていた。

旅籠に紹介された回船問屋をあれこれと当たったが、番頭の推量どおり、

「下田湊へ船便にございますか、お客様、まず無理にございますよ」

とか、

「もしあったとしても足元を見られて船賃をふっかけられましょうな。お客様方は何人で」

「女連れの五人だ」

「女連れにございますか。それはますますご無理にございます」

とどこでも一蹴《いっしゅう》された。

湊付近の回船問屋を当たった後、藤之助と光忠は船着場に出てみた。沖合に十数艘《そう》

の弁才船《べざいせん》や大名家所有の千石船が帆を休めていた。

「難しゅうございますかな」

「最初からうまい具合にあるものか。そなたらは知るまいが、伊豆は東海岸に主なる集落、湊があるでな、西海岸の戸田湊より南は人もあまり住んでおらぬ。里人の往来も海上と聞いた。ここで数日尻を落ちつけても船を探すほうが結局は下田に早く到着する」

「藤之助様は豆州をご存じの様子でございますね」

「久能山から見た戸田湊にちと曰《いわ》くがあって参ったことがある。さらに長崎行きの折、幕府御用船江戸丸《えどまる》で下田湊に立ち寄った。また帰りも阿蘭陀《オランダ》国から幕府に寄贈された自走式外輪蒸気船観光丸《かんこうまる》に乗って下田湊に一泊致したゆえ、半島のおよそのところは承知だ」

「この一年半、藤之助様の足跡はなんとも大きいものにございますな」

と光忠が改めて感嘆した。

「時流に流されているようで目まぐるしいわ」

「もはや異国抜きにはわれらが暮らし、成り立たないのでございますな」

「それははっきりしておろう。もはや鎖国の時代には戻れぬ。それがし、清国《しん》を見てつくづく思った。なんとしても開国に際して異国の軍隊をこの国に駐屯《ちゅうとん》させてはならぬとな」

「そのために下田で談判が行われているのでございますな」

「いかにもさようだ」

「協定を結べば、異国の軍隊を入れずに済みますか」

「異国との条約締結は互いの間の定めを作る作業だ。協定次第では異国の軍隊を入れずに済もう。だが、そのためにわれらが異国の諸々《もろもろ》を学び、対等の立場に立たねば押し込まれるな」

「間に合いますか」

「間に合わねば上海《シャンハイ》の二の舞ぞ」

光忠が暮れなずむ海を見た。

「藤之助様はこの地に外国の軍隊を入れぬために奔走《ほんそう》されますか」

「いかにもさよう」

と応じた藤之助は光忠に、

「そなた、座光寺一族が負わされた秘命を承知か」

と尋ねた。

二人になった機会に片桐朝和神無斎《じんむさい》の後継と目されている古舘光忠に質《ただ》す、よい機会と思ってのことだ。

「伊那を出る前夜、陣屋家老の片桐朝和様に呼ばれておよそのことは聞かされました。その上で藤之助為清様の命に従え、それが座光寺一族が乱世を生き抜くただ一つの方策と諭《さと》されました」

「ならば、もはやそれがしの取るべき道、推量がつこう。時代が望むなればそれがし、首斬安堵を必ずや実行致す。その上で一族の生き残るべき道を探る」

「古舘光忠、藤之助為清様に一命を預けまする」

うむ、と答えた藤之助は、

「このこと、他の者には秘密にしておけ」

と命ずると光忠が大きく頷いた。そして、ふと、この言葉が口を衝《つ》いていた。

「私も異国を見とうございます」

「光忠、そなたが考える以上に早い機会に訪れよう」

「来ますか」

「おお、そのとき、慌《あわ》てぬように今なにをなすべきか、謙虚に学ばねばならぬ」

「畏《かしこ》まりました」

と光忠の返答が薄闇に元気よく響いた。

藤之助の一行は甲州屋に二日逗留して下田行きの船を探した。三日目の朝、宿の番頭が、

「座光寺様、お急ぎなれば陸路を使いなされ。そのほうが利口にございますよ」

と東海道から徒歩で行くことを忠告した。

「本日一日船を探す。決断はその後じゃ」

と光忠を伴い、回船問屋に顔出しし、時に湊で小舟を雇って沖に行き、帆を休める千石船に聞いて回ったが、どこからも色よい返事はなかった。

夕暮れの刻限、二人が甲州屋に戻ってくると文乃ら宿の前で三人と番頭が待ち受けていた。

「駄目にございましたか」

田神助太郎が問うた。

「残念ながら今日も無駄足であったわ」

と答えた藤之助は、文乃の顔が驚愕《きょうがく》の表情に変わるのを見て、その視線の先を振り返った。すると異国の砲艦がもくもくと煙を吐きながら、江尻湊に入ってきた。

船尾の旗を見るまでもなく、船影は英吉利《イギリス》の砲艦ライスケン号だった。下田での日米和親条約の修補条約の経緯《いきさつ》を知るために派遣されたか。

「なんと黒船が。江尻が焼き討ちされますぞ」

と宿の番頭が騒ぎ出し、すでに気付いたか、旅籠の泊まり客から悲鳴や叫び声が上がっていた。

「藤之助様、どうしたもので」

と古舘光忠が主に問うた。

「船着場に参ろうか」

藤之助の言葉に文乃が、

「取って食われませぬか」

ふっふっふ
と笑った藤之助が、

「なんとも都合よきときにライスケン号がわれらの前に姿を見せたものよ」

と呟いたものだ。

砲艦ライスケン号は蒸気機関を止めて、停船した。そして、沖合でガラガラと大きな音が響き渡り、投錨《とうびょう》作業が始まった。同時に船腹に簡易階段が下りてきて短艇が船から吊り下ろされ、士官と水兵を乗せた短艇が船着場へと急ぎ漕《こ》ぎ寄せられてきた。なんぞ不測の事態で水か薪炭《しんたん》の補給に上陸してきたのだろうと藤之助は思った。

今や湊に大勢の男女が集まり、恐ろしげにも上陸してくる異国人を見ていた。

藤之助はライスケン号副官スティブン・ルーニーの赤ら顔を認めていた。するとルーニー副官も上海以来の藤之助の姿を見て訝《いぶか》しい顔で眺めている。そこで藤之助が一歩人波から船着場に出てみると、

「ミスター・ザコウジ！」

と驚きの声を張り上げ、破顔した。

「ルーニー副官、そなたら、下田に向かう道中か、それとも下田から戻る航海か」

顔見知りの出島商館付き唐人通詞《つうじ》李《り》福民《ふくみん》がルーニー副官に通弁し、ルーニー自身が半島の先端を指し、

「シモダ」

と下田湊に向かうことを告げた。

短艇が船着場に接岸し、ルーニーの巨体が飛び上がると歩み寄った藤之助と抱き合い、再会を喜び合った。

光忠らも文乃も呆然と言葉もなく思わぬ展開を見ているしかない。

「ルーニー副官、それがしがなんぞ手伝うことがあるか」

李がルーニーの英語を通弁し、答えが戻ってきた。

「座光寺様、紀伊灘《きいなだ》で揺られたせいか、ライスケン号の水が海に流れ出しましてな、ここまでなんとか補給なしで来ましたが下田湊を目前にして補給せねばならなくなりました。回船問屋に水の補給と、出来れば薪炭を購入して積み込みたいのです」

「同道致そう」

藤之助が光忠を呼び、

「知り合いに江尻湊で会うたわ。そなたら、旅籠に戻っておれ。明朝には出立できようでな」

と命ずると、この数日何度も訪ねた回船問屋にルーニー副官と李通詞を伴い、向かった。その姿を見送っていた内村猪ノ助が、

「藤之助様はほんとうに異人に知り合いがございましたか」

と呟いた。光忠も、

「文乃さん、われらが主どのはなんとも破天荒なお方にございますな」

と言葉が見つからない様子だ。

「一年半前、江戸に出てこられたとき、伊那の山猿が江戸屋敷に現れたかと思いまし

たが長崎に参られて大きく変わられました」

「藤之助様は明朝には出立すると申されました。まさかわれらあの黒船に乗るのではございますまいな」

「藤之助様がそう申されたのならきっとあの黒船に乗って、私たち下田に行くのだわ」

短い付き合いながら意表を突く藤之助の行動を知る文乃が言い切った。

「文乃さん、われら、異人の船に乗ったりして、お咎《とが》めを受けぬかのう」

田神助太郎がそのことを案じた。

「助太郎様、そなた様の主どのには通じないわ。まあ、見ていてご覧なさい。藤之助様と一緒に私たち、あの黒船に乗ることになるわよ」

文乃が言い切り、未だ白い煙を薄く吐き続けるライスケン号を振り見た。すると夕闇の中に煌々《こうこう》と明かりが灯された砲艦が浮かび上がっていた。

翌朝、六つ（午前六時）過ぎに英吉利東インド会社所属のライスケン号は江尻湊から抜錨《ばつびょう》してゆっくりと駿河灘へと進み出した。それを江尻湊じゅうの人が見送っていた。

文乃の予測どおり砲艦の甲板上には藤之助ら五人の姿があった。

徹夜して清水と薪炭の補給に立ち会った藤之助は甲板の上から江尻湊の騒ぎを思い出すように見ていた。

回船問屋では異国の砲艦への清水と薪炭の補給をやんわりと断った。江戸へ許しを得なければ売ることはできないというのだ。

「番頭どの、ライスケン号は下田湊まで必要な水と燃料を願っておるだけだ。それだけでも用立てることは出来ぬか」

「お侍様、あなた様はこの方々のお知り合いにございますか」

番頭が砲艦側の立場に立って交渉する藤之助に聞き返した。

「長崎で世話になった知り合いでな、幕府に許された長崎出島に商館を置く阿蘭陀国《オランダ》の関わりの方々だ」

「私どもには阿蘭陀も亜米利加も区別がつきませぬ。どうか他所《よそ》の湊をおあたり下さい」

と慇懃《いんぎん》な返答ながらきっぱりと断られた。

険しい表情のルーニー副官が李通詞と何事か話し合っていた。

「番頭どの、そなたのところに清水と薪炭はあるのだな」

「いかにもございます。ですが、異国の船に売るわけには参りませぬ」

「ならばそれがしが贖《あがな》おう」

「この数日、下田行きの船をお探しのあなた様がお買いになって、異人の船に転売なさるというのですか」

「それなれば回船問屋に迷惑がかかるまい」

「そんな方便を幕府がお許しなされるわけもない」

とさらに拒絶する番頭の鼻先に、

「番頭どの、この書状を見てくれぬか」

と差し出した。

「なんでございますか」

と書状の宛名書きを、

「座光寺為清様とはあなた様のことで。それがどうなされました」

「差出人を見られよ」

藤之助の言葉に書状を返した番頭が、

「堀田備中守《びっちゅうのかみ》正睦様からの書状にございますか」

と声に出して読んで、顔色が直ぐに変わった。

「堀田様とは老中首座の堀田様にございますか」

「いかにもさようだ。それがし、堀田正睦様の直々《じきじき》の御用で下田湊に急行する者だ。そのほう、老中首座の命、無視するつもりか」

堀田様は道中支障あらば、老中御用を申しつけよとそれがしに命じられた。そのほう、老中首座の命、無視するつもりか」

「め、滅相《めっそう》もございませぬ」

忽《たちま》ちライスケン号への清水と薪炭の補給が行われることになって、徹夜の作業が続けられることになったのだ。

作業は明け六つ近くまで掛り、藤之助は未明に旅籠に戻るとすでに旅仕度《したく》を終えていた古舘光忠らを船着場に伴い、ライスケン号の短艇に乗るように命じた。

「藤之助様はわれらに同道なされませぬので」

光忠が心細そうな顔付きで聞いた。

「案ずるな、あとから参る。それがしが最後に清水と薪炭代金支払いの立ち会いを致さねば回船問屋も困りおろうでな」

不安げな四人が短艇に乗り込み、沖合ですでに蒸気機関の始動をするライスケン号に向かった。さらに支払いに立ち会った藤之助らが最後の短艇に乗り、ライスケン号に向かうと、甲板には軍楽隊が整列して異郷の調べで徹夜作業に立ち会った藤之助を迎えた。さらにはわざわざ船橋《ブリッジ》から甲板へ下りてきたジョン・リー艦長が藤之助を抱《ほう》擁《よう》して、意外な地での意外な再会を歓迎してくれた。

李通詞が、

「座光寺様、駿河湾に出て巡航速度になったら皆様方を朝餉《あさげ》に招待したいと申されております」

「有難くお受け致す」

甲板から軍楽隊と艦長らの姿が一旦《いったん》消えて、藤之助は落ち着かない様子の四人を振り返った。

三

「文乃、どうだ、異国の船の乗り心地は」

「なんだか、狐に化かされたようです。まさか異国の船にこの文乃が乗っているなんて、夢のようだわ。それに私が考えたより揺れませんよ」

余裕が出てきたか、文乃が安心したように藤之助に答えたものだ。

「藤之助様、船に乗れば楽しみもあると申されましたが、このことを予測なされていたのですか」

「文乃、それがしもライスケン号とかようなところで会うとは努々《ゆめゆめ》考えもしなかった。船で下田に行けば楽しみがあると申したのは、ほれ、あれだ」

と遠ざかる江尻湊を振り返り、今しも雲間から頂を覗《のぞ》かせた霊峰を指し示した。

「まあ、あんなにも大きな姿が目に留まらなかったなんて」

文乃が絶句した。

古館光忠らも海から見る富士山の威厳と美しさに言葉もなく見上げていた。

ライスケン号が船足を早めて陸地から遠ざかり、富士山がさらに雄大壮麗に駿河灘の海の上に迫《せ》り上がってきた。

五人が目を奪われている間にも富士山の中腹にかかる雲が千切《ちぎ》れ消えて、全容が五人の視界に姿を見せた。

「藤之助様、このような富士山を文乃は見たことがございません」

ライスケン号のあちらこちらでも嘆息が湧いていた。

「座光寺様、ご一統様を船室に案内したのち、食堂に案内致します」

と唐人通詞李福民と若い水兵が甲板に姿を見せた。

首肯《しゅこう》した藤之助は古館光忠らに、

「船室に案内してもらえ。部屋の設備が分からなければ、手真似《てまね》でよい、案内人に尋ねるがよい。長崎を知った阿蘭陀人も多く乗船しているゆえ、そなたらの言動には戸惑いは致さぬ」

と命ずると李通詞も心得て水兵に阿蘭陀語で命じた。

甲板に李と藤之助だけが残された。

長崎滞在中、藤之助には玲奈《れいな》や江戸《えど》町惣町乙名《まちそうまちおとな》の椚田太郎次《くぬぎだたろうじ》が従っていたので、阿蘭陀商館付きの李福民とはそう交わりを持つことはなかった。

「李どのに尋ねる。下田には亜米利加総領事タウンゼントと幕府の間で続けられておる修補条約の締結の経緯を見定めるために参られるのであろうな」

「さすがに座光寺様、阿蘭陀の苦衷《くちゅう》を承知しておられる」

と応じた李通詞が、

「徳川様と永い親交を持つ阿蘭陀の立場は大変微妙にございます。列強が砲艦を連ねて圧力を加える最中、じいっと見守っていくしか手はないのですからな」

阿蘭陀商館付きの通詞李には、列強とは一線を画した外交策を選んだ阿蘭陀への同情があった。

「いかにもさよう」

「阿蘭陀は嘉永《かえい》五年（一八五二）にペリー提督の亜米利加東インド艦隊の来訪を前もって知らせ、日本側に有利な条約締結を提言したにも拘《かか》わらず、その提言を幕府は見送った。ために二年後、ペリー提督の軍事圧力を見せ付けられた幕府は、不利な条件での日米和親条約を締結した。その内容は嘉永五年に阿蘭陀が提言したよりも日本側に厳しい内容でございましたな」

藤之助は頷いた。

「阿蘭陀が徳川様と和親条約を取り決めたのは列強が締結した後のことです。此度《こたび》の修補条約も阿蘭陀抜きに事が進んでおります。ドンケル・クルチウス商館長は、幕府を牽制《けんせい》する意味もあって下田へ向かうライスケン号への乗船を商館員たちに命じられたのです」

と李通詞は阿蘭陀側の行動を淀みなく告げた。その上で、

「座光寺様はただ今堀田様の御用をなされておられるのでございますな」

と念を押した。

李福民が知る藤之助は、長崎海軍伝習所剣術教授方という、外交には全く関わりがない職掌《しょくしょう》であったのだ。

その藤之助が江尻湊の回船問屋で堀田正睦の書状を李の前でちらつかせたのだ。

当然の問いであり、疑問であった。むろんその問いは通詞としての関心ではない。英吉利東インド会社と阿蘭陀国の国益に関わる問題ゆえ、ジョン・リー艦長の意志を反映したものと思えた。

「李さん、それがしは領地伊那谷の山吹陣屋に数日前まで滞在しておった。そこへ堀田様からの急使が来て、下田湊への急行を命じられたのだ。剣術教授方の身分を解かれたことだけは確かだが、それ以上のことは与《あずか》り知らぬ」

藤之助は正直に答えた。

「きっと座光寺様のお立場に大喜びされるお方がおられましょうな」

「この船に乗船しておられるか」

「とは申せ、高島《たかしま》玲奈様ではございませぬ」

どこまで藤之助と玲奈の仲を承知か、釘を刺した。

「さようなことは考えてはおらぬ」

「お待ちです、参りましょうか」

李は藤之助をライスケン号の上級士官用の食堂へと案内していった。そこにいたのは英吉利人貴族のバッテン卿《きょう》と阿蘭陀商館首席商務官ヤン・ブラーケンと長崎唐人屋敷の長老にして筆頭差配《さはい》の黄武尊大人《こうぶそんたいじん》だった。そして、食卓の椅子に古舘光忠、文乃ら四人が落ち着かない顔で座していた。

藤之助はまずバッテン卿と長崎以来の再会を喜び合い、抱擁し合った。

当然、バッテン卿の同乗は予測されたことだった。だが、唐人屋敷の黄大人までライスケン号に乗っていようとは考えもしなかった。

「さすがに神出鬼没で鳴る座光寺藤之助様にございますな、私どもの行く手に忽然《こつぜん》と姿を見せられる」

「全くの偶然でございます」

藤之助は江尻湊で下田行きの船を探していた経緯を語った。

「ほう、堀田様の命で下田湊に向かわれますか」

黄大人とバッテン卿がそれぞれの考えに落ち、

「バッテン卿、どちらに転んでも悪い話ではございまっせん。後で座光寺様に相談に乗ってもらいましょうかな」

と長崎訛《なま》りで笑いかけ、バッテン卿も受けた。

長崎の唐人屋敷の長と阿蘭陀商館の意を受けた外交官が下田まで呉越同舟で遠征してきた背景は、日本開国に際しての強引な列強の砲艦外交から落ちこぼれないように、幕府に釘をさす狙いかとおぼろげに推量した。

阿蘭陀人の給仕によって朝餉が運ばれてきた。

前に置かれた器を見て文乃の両眼が見開かれた。

えんどう豆をコトコトとかたちがなくなるまで煮込み、豚のばら肉を塩漬けにして燻製《くんせい》にしたベーコンを混ぜたスープだが、初めて見る文乃には緑色の餡子《あんこ》のように思えた。さらに塩漬けにしんと玉ねぎを添えた麵麭《パン》が供された。

思わず文乃はくんくんと鼻で匂いを嗅《か》ぎ、古舘光忠らは困った顔をした。

「阿蘭陀の朝餉は口に合わぬか」

藤之助の言葉に応じたのは黄大人だ。

「ならば粥《かゆ》ではいかがですかな、娘さん」

「阿蘭陀にもお粥がございますので」

きょとんと驚きの顔で文乃が黄大人に問い返した。

「名はなんと申される」

「文乃にございます」

「文乃さん、船中、異国の食べ物に飽きるといかんので唐人の料理人を同道させてきた。朝は粥を食すことにしておる」

「頂戴《ちょうだい》します」

文乃がにっこりと笑って答えた。

「古舘、文乃、そなたらに引き合わせよう。長崎の唐人屋敷を差配なされる黄武尊大人だ。われら和人は、黄大人や阿蘭陀人や英吉利人の世話なしでは異国と通ずることができぬ」

藤之助は黄大人やバッテン卿、リー艦長らに四人を紹介した。

「愛らしい娘さんは座光寺家の奉公人でしたか」

「家は麴町《こうじまち》の武具商でございます。ペリー提督が黒船を率いて浦賀《うらが》に来航して以来、急に鎧《よろい》兜《かぶと》や槍を新調なされる旗本衆でうけに入《い》っておると聞いております」

と藤之助が付け加えた。

「ほう、黒船に槍で挑まれるおつもりか」

「長崎とは違い、江戸では異国の事情に通じておりませぬから、かような勘違いがおこるのです」

と黄大人に藤之助が応じたとき、唐人の料理人が大きな白磁の器に粥を入れて運んできた。大人が料理人に命じて、文乃らの前にも器が用意され、粥を食することになった。

藤之助は阿蘭陀の豆スープとにしんを添えた麵麭を選んだ。

「トウノスケ、そなたにあとで長崎土産を渡そう」

バッテン卿が巧みな日本語で笑いかけた。

「バッテン卿はそれがしと会うと予想なされておられましたので」

「そなたのことです。下田で会えねばいずれ江戸にて会うことができると信じておりました。ですが、いきなりこのようなかたちで出会うとは考えもしなかった。さすがにトウノスケです、われらをいつも楽しませてくれる」

と笑った。

藤之助はバッテン卿らに応じながら、豆スープを飲み、にしん添えの麵麭を次々に平らげた。

その様子を文乃が呆《あき》れ顔に見ている。

「どうだ、唐人の料理人が誂《あつら》えた粥は」

藤之助が文乃に聞いた。

「このような美味の粥を食したことはございませぬ」

「この国では病人か年寄りしか粥は食しませぬからな。じゃが、われら唐人は粥にて弱った胃腸を整え、あるいは食欲がないときに食し、または滋養強壮にもなるようにあれこれと工夫して粥を炊《た》きます。それだけに家々に粥があります。つまりは百粥あれば百味ありと味も多彩でございますよ」

黄大人が自慢げに応じて粥を啜《すす》った。

「藤之助様、それがしも初めて異国の粥を食しましたが、これほど美味とは知りませんでした」

古舘光忠もうれしそうだ。

「光忠、ならば阿蘭陀のソップも試してみぬか」

「それがし、本日は黄武尊様の馳走にて十分にございます」

「異国を知るにはその国の食べ物を口にして舌で知るのが一番じゃぞ」

「生臭い魚が美味《おい》しゅうございますか」

田神助太郎がもりもりとにしんを載せた麺麭を食べる藤之助を呆れ顔で見た。

「そなたの主どのは、江戸から長崎に参られたお侍の中でも稀有《けう》のお方でございましてな、なんでも新奇なものは試さずにはおかないお方です。唐人の酒も阿蘭陀人の食べ物も芳醇《ほうじゅん》よ、美味よと直《す》ぐに慣れておしまいになられました。長崎の地で私もいろいろなお武家様に会いましたが、このお方の胃の腑《ふ》は破天荒な言動と同じように格別です」

黄大人が笑った。

「大人、それがしの舌が狂うておるのでしょうか、どれを食べても美味しいのです。それがしの味覚は鈍なのかもしれぬな」

「いえ、稀代《きたい》の食通の証拠です。母御と父御に感謝なさることですぞ」

黄大人と光忠ら四人は粥を、藤之助は阿蘭陀の朝餉を食し終え、藤之助は光忠らに、

「そなたら、四人、ライスケン号の船旅を楽しめ」

と退室を命じた。

長崎の阿蘭陀商館、唐人屋敷、それに座光寺藤之助の話し合いは朝餉の後、一刻以上も続き、互いが腹蔵ない考えを述べて終わった。

老中首座堀田正睦付きを命じられたばかりの藤之助にとって、黄大人、バッテン卿、阿蘭陀商館首席商務官ブラーケンの期待にどれほど応えられるか、全く自信がなかった。

藤之助が三人の話から改めて理解させられたことは、下田湊での日米和親条約の修補条約の交渉が大詰めを迎えていることだった。また亜米利加を除く列強各国の思惑も絡み、阿蘭陀や長崎の唐人らがその修補条約にどう関わりを持つことができるか、それがライスケン号を下田湊へと向かわせている理由だった。

藤之助がライスケン号の甲板に出てみるとゆっくりとした船足で戸田村沖を土肥《とい》へと下っていこうとしているところだった。

甲板では銃剣を携帯した陸戦隊の面々が訓練に励んでいた。それを古舘光忠らが息を呑んで見物している。

藤之助の目には上海へ同道した乗組員の半数以上が入れ替わっているように見受けられた。

ライスケン号は実戦部隊を乗船させているのだ。それだけに訓練は真剣で、がちゃがちゃと鳴る銃剣の音が不気味に甲板に響いていた。

「山吹陣屋で教えた銃剣のほんものがあれだ」

「木銃で稽古をつけていただいた折には想像も出来なかったほど、恐ろしゅうございますな」

「異国相手では戦《いくさ》の仕方が変わらざるをえまい、分かったな」

と藤之助が光忠らに念を押した。

「藤之助様、赤鬼のように大きな異人相手に、われらどう立ち向かえばよいのですか」

田神助太郎の声は異国の軍隊を間近に見て震えていた。

「見てのとおり、阿蘭陀人を始め、異国の者たちの体は大きく、力も強い。さらに最新の武器を装備しておる。一方、われらは二百五十余年の眠りから目を覚まされたばかり、得物といえば旧態依然の刀槍に猟師鉄砲だ」

「彼我《ひが》の差をただ今思い知らされました」

と内村猪ノ助が呆然と呟く。

「まず、われらが置かれた立場を知る。それがそなたらを下田に伴うた意味だ。恐ろしくてもよく眼を見開いて腹に叩き込んでおけ」

「戦になったらどう戦えばよいので」

光忠の青ざめた顔と自問するように呟かれた言葉には絶望が見えた。

「藤之助様、長崎に参られたとき、われらがただ今直面しておる恐れを感じられなかったのですか」

「光忠、それがしは江戸を経て長崎に参った。その船中、異国事情を知る人々によってなにがしかの知識を得られてもいたし、また一緒に長崎海軍伝習所に入る仲間らもいた。そなたらのように伊那谷山吹陣屋から連れてこられて、いきなりライスケン号に乗船させられたほどの驚きはなかったわ」

「追いつけましょうか」

田神助太郎が聞いた。

「一朝一夕の努力では追いつけまい」

藤之助は長崎にある海軍伝習所で幕臣、大名諸家の家臣らが寝る間を惜しんで勉学に励み、調練に打ち込んでいる様子を話した。

三人は藤之助の話を一言も聞き洩らすまいと耳を傾けていた。それだけで三人を下田行きに同道してきた甲斐《かい》があったと、藤之助は思った。

初めて会う陸戦隊大尉が藤之助の傍らに来て、何事か言いながら木刀を差し出した。

「なに、立ち合えと申すか」

ライスケン号の乗組員とはこれまで何度か、手合わせをしていた。それだけに言葉が分からなくとも相手が望むことは分かった。まして木刀を差し出した意味は明白だった。

「よかろう」

藤之助は腰の藤源次助真《とうげんじすけざね》を抜くと田神に渡し、木刀を受け取った。

さすがに陸戦隊の面々は木銃に持ち替えていた。だが、先端にはほんものの銃剣が装着されていた。

新加入の実戦部隊の面々は、上海を攪乱《かくらん》した藤之助の行動を仲間から聞き、手合わせを期待しているのだ。

藤之助が木刀に素振りをくれたとき、バッテン卿が姿を見せた。

「バッテン卿、乗り組みの方々、だいぶ顔ぶれが変わりましたな」

「気付かれましたか。下田行きを前に実戦部隊の精鋭を半数ほど入れ替えました。トウノスケの恐ろしさを知らぬ面々です。また、同時に彼らはアジア各地で実戦を経験してきた猛者《もさ》連です」

バッテン卿が母国の言葉で新しく乗り組んだ面々に藤之助を紹介した。

一番手は白い肌の巨漢戦士だった。年は藤之助と同じくらいか。

互いに礼をし合うと、半身になって両手で木銃を構えた若者がいきなり、すすっと間合いを詰めてきた。

藤之助は正眼の構えのままに下がった。

その行動を臆《おく》したと見たか、若者がさらに踏み込み、木銃の先端に付けた銃剣で藤之助の胸を軽く突き上げた。

藤之助の木刀がしなやかに弾いた。

その行動を予測していたように銃剣付きの木銃が胸元に引き付けられ、二撃目の構えに入る準備をなした。そのわずかな間に予期せぬことが起こった。

藤之助はいつの間にか銃剣の間合い内に入り込み、木刀で木銃を静かに抑えていたのだ。

若者が驚きのあまり身を竦《すく》めた。だが、直ぐに反撃に出た。

木銃を抑える木刀を跳ね返そうと太い両腕に力を込めた。すると白い顔に朱が差した。

藤之助の木刀は銃剣を装着した木銃の上にただおかれているように見えた。切っ先で、
ふわり
と抑えているだけのように思われた。

だが、それが跳ね返せないのだ。

仲間から激励の声が飛んだ。

声援に押された若者が腰を入れて木刀を跳ね除けようとした。

その瞬間、木刀が、
そより

と離れた。若者が、

「しめた」

とばかりに大きな体で藤之助に体当たりをくれて、間合いが離れたところを銃剣で突き上げようとした。

だが、両手に電撃のしびれが走り、不覚にも木銃を取り落としていた。そして、気付いてみると額《ひたい》ぎりぎりに止められた木刀に両の膝《ひざ》ががくんと落ちて、甲板に屈していた。

四

わあっ！

という叫びがライスケン号に起こった。

上海への航海に同乗した乗組員は久しぶりの藤之助の技前に感嘆し、新たに加わった陸戦隊の面々は切歯《せっし》扼腕《やくわん》の叫び声だった。

バッテン卿が呆然自失した若者に言葉をかけた。すると若者が立ち上がると藤之助に丁寧《ていねい》に一礼をして下がった。

バッテン卿が一人を名指しした。すると隊列から一歩前に進み出たのは長身の男だった。陸戦隊の中では年長か。頬に斜めに刀傷が刻まれて、古兵《ふるつわもの》といった趣《おもむき》の戦士だった。

「トウノスケ、アントン・ケンペル少尉を紹介しよう。本国を除き、東インド会社所属下の陸戦隊の中では屈指の剣と銃剣の遣い手だ。巧妙な技を操るゆえ、老狐《ろうこ》と呼ばれておる」

「老狐少尉は剣と銃剣、どちらが得手にございますな」

藤之助の言葉をバッテン卿が通訳して直立不動のケンペル少尉が短く答えた。

「手合わせが許されるなら剣を選びたいと言っておる」

「どうぞご随意《ずいい》に」

ケンペル少尉は隊列に戻ると稽古用の木銃を部下に渡し、サーベルを腰に吊るした。

「藤之助様、助真に替えますか」

藤源次助真を持つ田神助太郎が声をかけた。

「いや、木刀でよい」

アントン・ケンペル少尉と藤之助は、互いに礼をし合い、剣と木刀を構え合った。

老狐の腰が後方に引かれ、長身を少し前屈《まえかが》みの姿勢にとった。その姿勢で間合いを測るつもりか、サーベルを左手に保持して剣の切っ先をくるくると回し、右手はだらりと垂らされたままだ。

異形の構えといっていい。

藤之助は、正眼に木刀を構えた。

動と静、対照的な対決だ。

文乃はそのとき、船室から甲板に上がってきて二人の対決を見ることになった。船《ブリ》橋《ツジ》にもライスケン号の大勢の乗組員が集まり、固唾《かたず》を呑んで見守っていた。

老狐の屈めた姿勢がすっくと伸び、腕が直線になると切っ先が藤之助の眼前に光った。

懐《ふところ》が深い。

戦いの間合いに到達するには藤之助は二歩ほど踏み込む要があった。

一方、手足の長い老狐少尉はその場からそれが可能だった。屈めた腰と曲げた手がその場からの攻撃を可能にし、藤之助は二歩踏み込まねば攻めに転じられなかった。

そんな動作の中にも切っ先の回転は止《や》むことなく続いていた。

藤之助の木刀が静かに立てられた。

動きの早い剣に対して、藤之助は静の剣、奥傳正舞《おうでんせいまい》四手のうち、一の太刀で応じようとしていた。

老狐が動いた。

切っ先が藤之助の眼前に迫りつつ、稲妻《いなずま》のように疾《はし》って変幻した。

藤之助は玄妙に変化して襲いくるサーベル剣をただ受けて、しなやかに弾いていた。だが、老狐の剣捌《けんさば》きは弾かれる度《たび》に早さを増して、思わぬところから切っ先が伸びてきた。それは長身の腰を屈伸させることと左手の巧みな扱いで生じる技だった。

文乃は異人が扱う剣の切っ先がヤマタノオロチの口先のように何本にも見えて、そのどれが本物の剣の切っ先か判断つかないでいた。

古舘光忠は、受けに回ったかに見える藤之助の位置が全く変わらず、相手の連続した技の動きを封じつつ、巧みに弾き返している姿に驚嘆していた。

だが、反撃に転じられないとも思えた。

攻撃するアントン・ケンペル少尉は受けに回っている藤之助の律動に狂いを生じさせようと最後の攻めに出た。

受ける木刀を左右から攻撃して藤之助の正面に固着する技だった。敵の刃の動きを封じ、相手に焦《あせ》りを生じさせる技の後、最後の仕上げが待っていた。

腰が伸びて左手が猛烈な勢いで動かされ、のびやかにサーベル剣がしなり、曲がり、飛んできた。

変幻する切っ先が火花を散らすように相手の視界を攪乱した。そして、火花の一つが、
すいっ
と伸びて、相手の息の根を絶つ、恐ろしい技だ。

だが、ケンペル少尉は必殺技を使うことを躊躇《ためら》っていた。真剣の切っ先が藤之助に触れれば、ずたずたに斬り裂くことになった。それは、

「死」

を意味した。

(どうしたものか)

上海を騒がした侍の評判を何度耳にしたか。なんとしても、

「トウノスケなるサムライ」

と勝負の機会を得たいと下田湊行きのライスケン号に乗り組んでいた。そして、偶然にも航海の最中にその相手と出会ったのだ。

だが、トウノスケはケンペルが想像していた以上に若く、なにより阿蘭陀と友好的な関係にあった。それは東インド会社の名高い英吉利人貴族バッテン卿との会話を聞

いていても知れた。

そんな想いが古兵の頭を過《よぎ》った。

ふと相手の表情に気付いた。

日本人が時に浮かべる神秘の笑いを浮かべていた。

(なんと相手は竦《すく》んでいるのではないのか)

そう考えたとき、非情な老狐の闘争心に火が点《つ》いた。

腰が沈み、その動きの最中にも剣が藤之助の胸に、腰に向かって突き出されて、相手の動きを封じていた。

すいっ
と腰が伸び、手が伸びた。

切っ先が下から藤之助の喉元《のどもと》に向かって襲いかかった。

バッテン卿は目まぐるしく動くケンペル少尉の剣がなぜか、

「緩慢」

に思えた。

それは藤之助の動きにあった。緒戦から不動のままに木刀を振るい、ケンペルの真剣の攻撃を何百回と受けたか。だが、その動きは、猛烈な嵐の中にあって、ひと揺るぎもしない旗のように泰然と嵐を受け流していた。
ケンペル少尉の口から異様な声が洩れた。英吉利東インド会社所属の陸戦隊の中で
非情の宣告、
「老狐の叫び」
と呼ばれるものだった。
切っ先が変幻自在に舞い動き、それが藤之助の喉元で炸裂《さくれつ》しようとした。
その瞬間、寸毫《すんごう》も動かなかった藤之助が自ら、一つの切っ先が生み出した爆裂弾の
中に踏み込んだ。
文乃は両眼を閉じた。
ライスケン号の船橋では人々が、藤之助の体が微塵《みじん》に千切れ切られるのを脳裏に思
い描いた。
木刀が緩やかに、まるで舞扇のようにケンペル少尉の左手が生み出す切っ先の、
「死の華」
に止まった。
一瞬、世界が止まった。
木刀がサーベル剣を凍り付かせたように動きを封じ込め、次の瞬間、木刀が一度剣

を抑え込んでおいて正眼の構えへと戻された。すると虚空高々とサーベルが飛んで、駿河灘の海へと落下していった。

素手のアントン・ケンペル少尉は立っていた、なす術《すべ》もなく呆然自失として立っていた。

すいっ

藤之助が木刀を引くと自らも元の位置に戻り、言った。

「ケンペル少尉、剣を海へと落とし、相《あい》すまぬことを致した」

バッテン卿がその言葉を通訳した。

古狐の顔に表情が戻ってきてバッテン卿に応じた。

「トウノスケ、これほどの強者《つわもの》に出会うたことがない。そなたの剣に尊敬を抱くと申しておる」

「それがしも、ケンペル少尉の玄妙な剣捌きに感服致しました」

二人の剣者が歩み寄ると互いの体を抱擁して相手の健闘を讃《たた》え合った。

ライスケン号艦上に再び轟音のような歓声が上がった。

バッテン卿が従者に自らの剣を運んでこさせると剣を失くしたケンペルに贈った。

ケンペルが貴族の佩剣《はいけん》を感激の体《てい》で受けた。

「バッテン卿、悪いことを致しましたな、使い込んだ愛剣をそれがしのせいで失った」

「なんのことがあろう」

と答えたバッテン卿が、

「トウノスケ、そなたが長崎からいなくなってから奇妙な噂が流れてな」

「奇妙な噂ですと、なんのことです」

「そなたがな、欧州の古戦場で名を馳《は》せたクレイモア剣を所有しておるという噂だ。この航海に持参なれば拝見できぬか」

バッテン卿はライスケン号に持ち込んだ藤之助の持ち物を気にしていた。

クレイモア剣は、ドーニャ・マリア・薫子《かおるこ》・デ・ソトが娘の玲奈と結婚した藤之助へ祝いとして贈ったものだ。

クレイモア剣はバッテン卿の言うとおり欧州の名鍛冶《かじ》が精魂込めて鍛造したダマスカス鋼の一剣だった。それを薫子の夫にして玲奈の実父のソトが長崎に残したものだった。

藤之助は田神助太郎を呼ぶと船室から布に厳重に包まれた剣を持ってこさせた。

「やはり、所有しておられたか」

バッテン卿が興味津々《しんしん》に言った。

藤之助が布を剝《は》ぐと、柄と鞘《さや》に嵌《は》め込まれた宝石が仲夏の光を受けてきらきらと光った。そして、手の込んだ金象嵌《きんぞうがん》細工が一段とクレイモア剣に輝きを加えていた。

「バッテン卿、ご存分に」

「拝見致す」

バッテン卿が両手で押し頂いた。

ダマスカス鋼の十字鍔《つば》は変わった造りをしていた。ハの字の下部が諸刃《もろは》に沿って広がっていた。

バッテン卿が鞘を払った。

刃渡り四尺余の直刀は切っ先にいくほど優美にも細くなっていた。

「英吉利国で有名なクレイモア剣がなんと故国を遠く離れた地にありましたか」

両手に保持したバッテン卿は何度か刃をくるくると回して見せた。

「馬上剣は重さが身上、クレイモア剣はその上に斬れ味鋭いと聞いておる」

「いかにも重厚頑丈な造りと鋭利な斬れ味を兼ね備えており申す」

「試されたか」

藤之助は、何度かと答えていた。

「トウノスケ、クレイモア剣の斬れ味、是非《ぜひ》とも拝見したい」

「ご用命とあらば」

バッテン卿が藤之助に剣を返し、何事か従者に告げた。

甲板に運び出されてきたのはライスケン号の船室に飾られていた鋼鉄製の甲冑《かっちゅう》だ。

「これを斬れと申されますので」

甲板の真ん中に台座が置かれ、その上に甲冑が立てられた。

今やライスケン号を操船する者を除いて全員が甲板でのやり取りを注視していた。

藤之助は最前戦ったケンペル少尉を呼ぶとクレイモア剣を差し出した。

「先に少尉に使わせるというか」

「剣者にとってクレイモア剣を使う機会は滅多《めった》にございますまい」

藤之助の意がケンペルに伝えられると古狐少尉の顔が感激に綻《ほころ》んだ。何度もバッテン卿に確かめる少尉に藤之助が笑みの顔を向けた。

アントン・ケンペル少尉は思いもかけない名剣の試し斬りに緊張していた。だが、さすがに東インド会社有数の剣の遣い手、両手に捧げ持った剣を虚空で振っている内に手に馴染《なじ》ませた。顔に自信めいた表情が浮かび、甲冑と対峙《たいじ》した。

ざわざわとしていたライスケン号の見物衆が再び沈黙して古狐少尉の一挙一動を注視した。

ケンペルは大きく両足を開くと何度かクレイモア剣の切っ先を水平から虚空へと差し上げ、間合いを取っていた。

裂帛《れっぱく》の気合いを発すると甲冑に挑みかかるように踏み込み、クレイモア剣を高々と突き上げると同時に自らも跳躍していた。そして、自らの体重を乗せたクレイモア剣を甲冑の頭部に叩き付けた。

かーん
と乾いた音がしてクレイモア剣が跳ね返され、痺《しび》れた手から飛んでいこうとしたがさすがに剣の遣い手、なんとか保持した。

ふうっ
甲板に着地した古狐少尉が大きな息を吐き、見物がざわめいた。

ケンペルが首を振って藤之助にクレイモア剣を返そうとした。するとバッテン卿が堪《たま》らず、

「トウノスケ、このような機会は滅多にない。私にも試させてくれぬか」

「ご随意に」

バッテン卿は従者に革製の手袋を持ってこさせて、手の痺れを軽くする工夫を凝らした。さらに両手に捧げ持って何度も飛び上がり、クレイモア剣に体重を乗せる動き

を試みた。

「よかろう」

藤之助に言いかけたバッテン卿が甲冑から五間ほど離れてクレイモア剣を高々と構えた。

ライスケン号は奇岩怪石の小島が海面に浮かぶ海岸の沖に今や停船して、バッテン卿の試し斬りをリー艦長以下乗り組んだ全員が見ていた。

大きく息を吐き、吸う動作を繰り返したバッテン卿が右肩にクレイモア剣を担ぐようにして走り出し、虚空へと高々と飛んだ。

クレイモア剣が光を受けて煌《きら》めいた。

バッテン卿が甲冑の真上から刃を立てて、迷いなく斬り付けた。再び、
かーん
と乾いた音がしてクレイモア剣は跳ね返された。

片膝を突いて甲板に着地したバッテン卿が弾む息の下から、

「トウノスケ、いくらクレイモア剣といえども、鋼鉄の甲冑を斬り分けるのは無理かもしれぬ。馬上剣は力まかせに振るった剣の重さで鞍《くら》の上から騎士を叩き落すことに本領があるのだからな」

と答え、訊いた。

「試すか」

「甲冑を斬り付ける機会など滅多にございますまい。それがしも試させてもらいます」

クレイモア剣がバッテン卿から藤之助に返された。

藤之助はケンペルとバッテン卿が斬り付けた甲冑の頭部を見た。すると二ヵ所、凹《へこ》んでいる傷が見られた。

ライスケン号に積み込まれていた甲冑だ。熟練の職人が造った、由緒正しい防具なのであろう。

藤之助はクレイモア剣の刃を見た。どこにも刃毀《はこぼ》れ一つない。甲冑も見事なら、剣も見事だった。

藤之助は右手一本に捧げた剣で素振りした。

どよめきが起こった。

馬上剣を片手で振りまわす和人がいた。陸戦隊の猛者連が目を丸くして互いに囁《ささや》き合った。

藤之助は甲冑と間合い一間で向かい合った。

クレイモア剣を頭上に高々と立てた。
(流れを呑め、山を圧せよ)
藤之助の脳裏に南駒ヶ岳から望んだ赤石連山の高峰が映じた。
その姿勢で両眼を閉じ、瞑想した。クレイモア剣が甲冑を二つに斬り割る光景を思い浮かべた。そして、その光景も脳裏から消し去った。
無念無想の刻《とき》が訪れた。
静かに両眼を見開いた藤之助の腰が沈み、
ええいっ!
という裂帛の気合いを甲板に残してその場に跳躍した。
ただ虚空に向かって垂直に飛ぶと、甲冑は藤之助の足下にあった。上昇が止まり、一瞬の停滞の後、下降に移った。
その瞬間、クレイモア剣が甲冑の脳天目掛けて、
すいっ
と伊那谷を吹き抜ける微風のように流れ落ちて、刃が甲冑に吸い込まれていった。
ふわり
と甲板に着地した藤之助が剣を抜くと元の構えに戻した。

甲冑は台座の上に静かにあった。

見物の人々が刃が甲冑に吸い込まれたように見えたのは、

「幻」

であったか、目の錯覚であったかと考えたとき、異変が起きた。

甲冑が左右に分かれて台座からゆっくりと甲板に転がり落ちていった。

ライスケン号艦上に粛《しゆく》として声がない。堂《どう》ヶ島《しま》の松に留まる小鳥が鳴く声だけがいつまでも響いていた。

この日、ライスケン号は下田湊南の沖に錨《いかり》を入れて停泊した。

亜米利加と幕府の下田修補条約の交渉はすでに十ヵ月に及んで続けられていた。バッテン卿とジョン・リー艦長は微妙な外交の場、下田湊にライスケン号を乗り入れることを遠慮したのだ。

五

深夜、ライスケン号の短艇に乗船した藤之助とバッテン卿の一人は、ケンペル少尉と古舘光忠を従者に従えて、下田湊外れの柿崎《かきさき》の浜《はま》に潜入しようとしていた。

その夜、眠りに就いた藤之助の船室の扉をこつこつと叩く者がいた。

船室は古舘光忠ら三人の家来との相部屋だった。文乃だけが一人部屋を与えられ、文乃は、

「主が四人の相部屋で奉公人の私が立派な調度の一人部屋ではおかしゅうございます」

と遠慮したが、

「文乃、異国では女子《おなご》を大事に遇する習わしがあるのだ。この船は英吉利船籍、郷に入《い》っては郷に従うまでだ」

と文乃を一人部屋に休ませた。

「どなたかな」

藤之助が誰何《すいか》するとバッテン卿の声が、

「深夜の下田散策を誘いにきた、どうです」

と含み笑いで応じた。

「暫時《ざんじ》、お待ちを。直ぐに仕度致す」

「甲板にて待ちます」

と扉の向こうの気配が消えた。

古舘らが目を覚まして藤之助の命を待っていた。むろんバッテン卿が気まぐれの散策に誘い出すわけもない。御用だと藤之助は直感していた。

明朝には老中首座堀田正睦の命で下田奉行の下《もと》に出頭する気でいた。それ以前に少しでも情報が得られればという思惑もあった。

素肌にスミス・アンド・ウエッソン社製の三十二口径リボルバーを吊りながら、

「光忠、供をせよ」

と命じた。

「われらはいかが致しましょうか」

と田神助太郎が藤之助に聞いた。

「寝ておれ」

「寝ておっては奉公にはなりませぬ」

「助太郎、われらが本格的に動くのは明日からと思え」

二人を床に戻した藤之助は藤源次助真と脇差長治《わきざしおさはる》を腰に差し落とした。古舘光忠も身支度を終えていた。

「光忠、われらが随行《ずいこう》するのは阿蘭陀外交官だ。われら、姿があって姿なし、影のような存在と思え」

しばし思案した光忠が、

「畏まりました」

と承知した。

バッテン卿は、深夜の下田散策と言った。だが、短艇は下田湊を通り過ぎようとしていた。

藤之助は短艇が下田湊を通過してどこに向かうのか、訝《いぶか》しく思いながらも沈黙を続けていた。そして、長崎滞在中に得た下田湊を取り巻く外交の経緯を頭に思い浮かべていた。

下田湊は嘉永《かえい》七年（一八五四）三月三日、神奈川での日米和親条約の締結の結果、開港されていた。条約締結を受けて翌安政二年（一八五五）正月五日に批准書が交換され、正式に発効されたのだ。

その第一ヵ条は、

「日本と合衆国とは、その人民永世不朽の和親を取り結び、場所・人柄の差別之《こ》れ無《な》き事」

というものでこの第一ヵ条を含む十二ヵ条から構成されていた。

だが、この和親条約、日本、亜米利加双方の条約解釈が異なり、締結当初からずれが生じていた。

亜米利加側の和親条約の解釈は、

「この条約は偶然にか意図的にか、この帝国を訪問するすべての亜米利加人に、保護と厚遇を保証している。この条約はまた、合衆国の船舶に避難所と食糧品を与え、かつこの二世紀の間にいかなる外国人にも決して譲り渡されなかった特権を、亜米利加市民に与えることを規定している。合衆国政府は、今まですべての対外関係を完全に排除する権利を主張してきた国民と友好的で独立した関係を開く最初の国となる栄誉を十分に主張できる。阿蘭陀人や中国人が長崎で享受してきた例外的な地位は、そのような観点から見るべきである」（「ペリー日記」）

と最恵国待遇での条約締結とみなしていた。

一方、日本側の解釈は、亜米利加側の要求に対して最小の譲歩で済まし、利益獲得を目的とする通商は定めなかった。さらには将軍の国書を与えず、

「すべてを先送り」

したとして、下田・箱館《はこだて》の二湊を亜米利加艦船の避泊湊として開いたという限定的な条約の解釈であった。

当然、双方の勝手な解釈はその後、諸々の齟齬《そご》を生むことになる。

安政三年（一八五六）の夏の夕暮れ、激しい夕立の中、亜米利加東インド艦隊司令長官ジェームス・アームストロング提督座乗のサン・ジャシント号が下田に入津《にゅうしん》して二人の異国人を上陸させた。

先の和親条約に盛り込まれていた下田湊への領事の駐在許可に従って、初代駐日総《そう》領事《りょうじ》としてのタウンゼント・ハリスと阿蘭陀国アムステルダム生まれの通訳ヘンリー・ヒュースケンが来日したのだ。

このことは和親条約に明記されているにもかかわらず下田奉行は拒んだ。それを粘り腰でハリスが領事館開設に踏み切ったのだ。

二人はまず下田奉行との粘り強い交渉の後、安政三年八月六日、湊外れ柿崎村上の山の玉泉寺《ぎょくせんじ》に、

「最初の領事旗」

を掲揚《けいよう》して亜米利加領事館が開設された。

「疑いもなく新しい時代がはじまる。日本は真の幸福を得るであろうか」

ハリスは日記にこの記念すべき日のことを記した。

総領事ハリスの目的は当然先の和親条約をより具体的に、より強固なものとすることにあった。

夜の闇にかすかに識別した陸影に藤之助は見覚えがあった。

「トウノスケ、われらは亜米利加領事館に行く」

とバッテン卿が初めて行く先を告げた。

「玉泉寺にございましたな」

「そなた、スンビン号で江戸に帰ったのであったな」

阿蘭陀国王から寄贈されたスンビン号は長崎海軍伝習所の所属艦として観光丸《かんこうまる》と改名し、矢田堀景蔵《やたぼりけいぞう》ら伝習所第一期生の手で長崎から江戸へ無事に回航されていた。

藤之助はその観光丸に同乗して江戸に帰着し、下田湊に一夜停泊していた。

その折、下田湊に上陸して亜米利加国の総領事館が柿崎村の玉泉寺にあることを知っていた。

「ハリス総領事と面会したか」

「いえ、観光丸船上から国旗が棚引く風景を見ただけにございます」

「ハリス総領事は、素人外交官でな、清国寧波《ニンポー》の領事を合衆国政府から許されたが、彼の希望はこの日本で活躍することだ。寧波には足を踏み入れてもおらぬ」

「バッテン卿は面識がござるか」

「ある」

と短く答えたバッテン卿の声音から察して好感をもっているとは思えなかった。

短艇が柿崎村の浜に接近して、バッテン卿がケンペル少尉に何事か命じた。

「上陸するのはトウノスケと私だけだ、よろしいか」

「構いませぬ」

舳先《へさき》が小石の浜を噛《か》んで乗り上げ、水夫《かこ》らが櫂《かい》を立てた。

バッテン卿が舳先から浜に飛び、藤之助も続いた。

短艇は直ぐに浜を離れ、沖合で待機する気配だった。古舘光忠が心配げな顔で藤之助を見送るのが月明かりに浮かんだ。

二人は浜から柿崎村へと上がっていった。

「その前に私の立場をはっきりトウノスケに告げておこう。これまでの経緯もあって、私がクルチウス商館長の代理を務めることを命じられておるのだ」

「分かりました」

その上で藤之助は尋ねた。

「バッテン卿、阿蘭陀が直面する問題はなんでございますな」

「阿蘭陀国と日本国の平等なる通商に関する条約の締結、それも亜米利加と同等の待遇での締結をすぐにだ」

バッテン卿が即答した。

「長崎が開港されれば阿蘭陀にとって大事ではないのですか」

「阿蘭陀にかぎらず列強各国はもはや長崎に重要性を感じてはおらぬ。トウノスケ、どの国も出来るだけ将軍のおられる江戸近くの湊に居留地を築きたいと考えておる」

「長崎開港は阿蘭陀と清国が独占してきた交易権の失墜を意味するわけでしたね」

「だが、われらもそのことに痛痒《つうよう》は感じておらぬ。なにしろ交易船の寄港が年間二、三隻にかぎられていたからね。下田、箱館が開港された今、出来ることなれば我らも神奈川か江戸の開港を目論《もくろ》んでおる」

「海防参与《かいぼうさんよ》徳川斉昭《とくがわなりあき》様や幕閣の方々は、将軍家お膝下《ひざもと》の江戸へいきなり外国船が乗り込んでくることに抵抗感を示しておられるそうな」

「そのような中、タウンゼント・ハリス総領事が下田で下田奉行や大目付と一年近くに及ぶ苦闘を続けておられるのには外交官として敬服に値する」

「バッテン卿たちはもはや修補条約は締結間近と見られたから、ライスケン号を江戸近くに派遣されたのですね」

「この十日が外交交渉の山場であろう。亜米利加との条約が締結をみれば、われら阿蘭陀も動く」

バッテン卿が言い切った。

偶然にも江尻湊で再会した後、藤之助はバッテン卿、黄武尊大人の二人と下田行きについて三者の立場を話し合っていた。

浜から集落に上がった二人の前に細い道がうねうねと見えた。

バッテン卿は集落の奥へと確かな足取りで入っていった。

「すでに玉泉寺を承知なのですか」

「いや、初めてだよ、トウノスケ」

と笑みを含んだ声音で応じたバッテン卿が言い足した。

「ハリス総領事の下に通詞として仕えるヒュースケンは正式にはヘンリー・コンラッド・ヨアンネス・ヒュースケンといってな、阿蘭陀国アムステルダム生まれの青年なのだ。少年のころ、亜米利加国に移住して、かの国の国籍を取得しておる。だから、阿蘭陀人でもあり、亜米利加人でもあるのだ」

「バッテン卿は今もヒュースケンと連絡を保っているわけですね」

「そう考えてもらってよい」

と答えたバッテン卿が、

「去年のことだ」

と前置きして阿蘭陀の蒸気船メデューサ号が箱館《はこだて》から長崎へ向かう航海の途次、下田湊に錨《いかり》をおろして三日間滞在したと言った。

このメデューサ号の下田訪問は安政三年九月二日（一八五六年九月三十日）だった。

バッテン卿はじめ、長崎の阿蘭陀商館員には下田湊の知識は少なからずあったのだ。

「お待ちなされ」

藤之助がバッテン卿の腕を摑《つか》んで歩みを止めた。

「だれぞがわれらの散策に気付いたようです」

バッテン卿が辺りを見回した。

「私には感じられぬが」

バッテン卿も剣者として武人の勘を有していた。

「消えました」

「だれであろうか」

「玉泉寺を見張る者の気配かもしれません」

二人は再び歩き出した。

深夜の亜米利加領事館訪問は当然前もって知らされているはずだ、と藤之助は思っていた。

不意に石段が二人の視界に現れて山門が見えた。その山門の屋根の上に旗竿が突き出ていた。夜のせいか、旗はなかった。

亜米利加国の領事館玉泉寺は深い眠りに就いていた。

バッテン卿は石段を上がりながら、指二本を口に咥《くわ》えると、

「ちっちっち」

と鳥の鳴き声を二度三度と真似た。

だが、なんの変化も起こらなかった。

石段を上がり切った。

不意に刃風が二人を襲った。

バッテン卿が横手へと倒れ込んだ。

藤之助の腰から刃渡り二尺六寸五分の助真が抜き放たれ、頭上から襲いかかる影を斬った。

うっ
という呻《うめ》き声がして影が藤之助の頭を越えて石段に転がり落ちていった。

「バッテン卿、怪我はござらぬか」

ふうっ

と大きな息がした。

藤之助の頭上に再び殺気が舞った。

「バッテン卿、しばし姿勢を低く保って下されよ」

今度は二人、反《そ》りの強い刀を構えていた。間違いなく和人だった。

藤之助の脳裏に、

「溜間詰派《たまりのまづめ》の刺客か」

という考えが湧いた。考えながら体が反応していた。

ふわり

と石段を後ろ飛びに下がると虚空の刃から間合いを外した。

どさり

と影が藤之助の前に降り立った。

「それとも水戸様から命を受けたか」

海防参与徳川斉昭の刺客かと問うた。水戸藩もまた開国には反対する立場をとり、その阻止のために刺客を送りつけることを躊躇《ちゅうちょ》しなかった。

相手から返答はなく、押し殺したような気合いを発すると藤之助に襲いかかってきた。
藤之助の腰は跳躍に備えてすでに仕度はできていた。
左前の刺客に向かって飛ぶと、助真を電撃の素早さで脳天から叩き付けていた。
ぐあっ
という声を洩らして相手が石段に押し潰《つぶ》されていた。
藤之助が斃《たお》した相手を越えて石段に着地すると同時に、横手から刃風が巻き起こった。それに向かって視線を巡らそうともせずに助真を車輪に引き回した。
刃と刃が当たって、
ちゃりん
と音が響いて火花が散った。
藤之助の片手斬りが相手の両手斬りを制して体ごと石段下へとふっ飛ばしていた。
ふうっ
と息を吐いて呼吸を整える藤之助の足元から血の匂いが漂ってきた。
「幕臣の身で異人に加担致すか」
「ほう、口を利《き》ける者もおるか」

「長崎以来のそなたの所業、江戸は許さぬ」

やはり溜間詰派の刺客か。

「われら、この地に生まれた者同士が斬合いをしている場合ではあるまい」

「ぬかせ、そなたの命、必ずや貰《もら》い受ける」

闇に潜む者の気配が夜気に紛れて消えた。

藤之助が血ぶりをくれた助真を鞘に収めた。

「トウノスケ、そなたを伴ってよかった」

「バッテン卿、激変する時代に考えが追い付けぬ者もおる、許されよ。とは申せ、この座光寺藤之助も分かっておるかどうか」

「そなたはすでに外の世界を見た人間、古い因習や仕来《しきた》りを守って生きている人間とは違う」

「そうありたいと願っており申す」

石段上に新たなる人の気配がした。

若い異人が手にリボルバーを持って、どこか驚愕の様子で立っていた。

「ヘンリー・ヒュースケン、久しぶりかな」

と日本語で言いかけたバッテン卿が英語に変えた。

藤之助は阿蘭陀国に生まれながら、新興国亜米利加に移住して国籍を得、亜米利加の国益のために通弁で奉公するという青年を見た。

ヒュースケンもバッテン卿と話しながら藤之助を驚異の目で見ていた。

この時、ヒュースケンは二十五歳、ニューヨークで出会ったハリス総領事に夢を託して日本で成功したいと考える青年であった。

彼の武器は英語と阿蘭陀語が話せたことだ。また、仏蘭西《フランス》語、独逸《ドイツ》語にも通じていた。

藤之助は大きな体の上に口髭《くちひげ》を生やした若者が夜の闇の中でさえ、きらきらと輝く両眼を持っていることを見ていた。

「トウノスケ、引き合わせよう」

不意にバッテン卿が藤之助を呼ぶとヒュースケンにも声をかけた。するとヒュースケンが何事か早口で答えて藤之助の手を握り、上下に激しく振った。

「ヘンリーは、そなたの上海での噂を聞いて会いたかったと申しておる。トウノスケが刺客三人を斬り捨てた腕を見て、噂がほんとであったと驚いたそうだ。君らは同じ世代、亜米利加と日本の両国の代表として長い付き合いをすることになろう」

とバッテン卿が二人の青年の未来を予測する言葉を吐いた。

第四章　玉泉寺《ぎょくせんじ》の異人

一

亜米利加《アメリカ》国の最初の総領事館《そうりょうじかん》の役目を果たす柿崎村《かきさきむら》の玉泉寺《ぎょくせんじ》は、天正《てんしょう》年間の初めに一嶺俊栄和尚《いちれいしゅんえいおしょう》が就任したとき、真言宗《しんごんしゅう》から曹洞宗《そうとうしゅう》に改宗され、海山寺《かいざんじ》玉泉禅寺と寺号を変えていた。さらに元禄《げんろく》十二年（一六九九）に寺は柿崎村上の山に改築落成していた。

嘉永《かえい》元年（一八四八）には間口七間半、奥行七間の本堂が新築され、四間半と十間という庫裏《くり》が付属して建てられたばかりだった。

亜米利加国が先の日米和親条約に照らして下田《しもだ》での総領事館の建物を要求したとき、下田奉行は下田湊《みなと》に総領事館を開設することを嫌って、下田湊から離れた柿崎村の玉泉寺を推薦した。

ハリス総領事は下田湊に適当な建物をと要求したが、下田奉行は柿崎村も下田領内と主張してこの玉泉寺が世界の外交の舞台に選ばれることになった。

藤之助《とうのすけ》がヒュースケンと出会った安政《あんせい》四年（一八五七）、住職は翠岩眉毛《すいがんびもう》であった。

「国難到来ゆえ」

との下田奉行の要求を快く受け入れた眉毛和尚は本尊仏、仏具一切をとり片付け、玉泉寺から立ち退いた。その本堂が亜米利加総領事館になったのだ。

本堂正面の階段を上がった十八畳の間が総領事館応接室にあてられ、その左右の十二畳の間がそれぞれ執務室と応接室に、仏像があった内陣が食堂に、食堂の右手の室中がヒュースケンの寝所兼居間、左手の西の間と呼ばれたところがハリスの個室として使われた。

玉泉寺本堂の東に庫裏があって、本堂と濡れ縁と渡り廊下で結ばれ、こちらにはハリスに従ってきた清国人《しん》の従者五人が起居した。さらに玉泉寺が亜米利加総領事館に定まったとき、番小屋が新たに設けられ、下田奉行支配下の役人が常駐して警備が行われていた。

またハリスには下田奉行の足軽であった十六歳の滝蔵《たきぞう》が、ヒュースケンには十五歳の助蔵《すけぞう》が小間使いとして仕えることになった。

バッテン卿《きょう》の深夜の訪問をハリスは不機嫌な顔で迎えた。

だが、バッテン卿は意に介する風はなく、応接室の椅子にどっかと座った。

この年、ハリスは五十三歳、全身に深い疲労と苦悩を湛《たた》えていた。

新興の亜米利加国を代表して徳川幕府と立ち向かう外交官は、ニューヨーク州ワシントン郡サンデヒルの商人の子として生まれていた。

教育は村の小学校と中学校を卒業しただけで、十三歳の時、ニューヨーク市の繊維商に丁稚《でっち》奉公に出た。さらに後年、家族がニューヨーク市に移り住み、陶磁器輸入商を始めたので、ハリスも家族の店で事業の拡大を兄と一緒に図ることになった。

ハリス兄弟商会は順調に業績を伸ばし、店舗も大きくなった。そんな中、向学心に燃えるハリス青年は、独学で外国語の習得に努めた。

ハリスは民主主義者として、資産による選挙資格制限に反対し、選挙法の改定運動に加わったりした。また、貧困から高等教育を受けられなかった自らの経験に照らして、貧困家庭の教育に深い関心を寄せて運動に加わった。

そんな言動が認められ、ニューヨーク市の教育局委員に選ばれ、教育局局長の地位に昇り詰めた。さらにニューヨーク・フリーアカデミー建設に奔走《ほんそう》して、だれもが安い授業料で学べる学校を創立した。このフリーアカデミーがのちにニューヨーク市立大学に発展するのだ。

一八四七年、折からの不況でハリス兄弟商会が倒産し、ハリスは身を立て直す必要に迫られた。

心機一転を誓ったハリスは、四十五歳にして世界遍歴の旅に出立《しゅったつ》する。

陶磁器輸入商の経験を通じて、ハリスは東洋に深い関心を持っていたといわれる。サンフランシスコで帆船を買い込んだハリスは、貿易で身を立てながら、数年にわたりニュージーランド、フィリピン、中国、マレー、セイロン、インド各地に足跡を残し、東洋の政治、経済、物産、歴史などを学び取った。

一方、亜米利加の東インド艦隊ペリー提督がミシシッピー号で日本遠征に出立したのは、一八五二年十一月二十四日のことだ。そのミシシッピー号が翌年五月に上海《シャンハイ》に寄港、上海にいたハリスは日本遠征に伴うように要請したが、軍人以外は乗艦できないと断られている。

ハリスの脳裏には日本と亜米利加の外交の架け橋になる計画が生じていた。

一八五四年、清国寧波《ニンポー》の領事に任命されたがハリスの夢は、

「日本」

にあった。そこで寧波には副領事を置いて自らは一旦《いったん》帰国、本国で日本駐在の初代総領事に就《つ》く運動を展開した。それが功を奏してピアス大統領の眼鏡《めがね》に適《かな》い、初代総領事として新たな条約締結の全権委任の資格を得たのであった。同時に阿蘭陀《オランダ》語と英語の双方に通じる通詞《つうじ》としてヘンリー・ヒュースケンの採用を決めていた。

一八五五年十月、勇躍ニューヨークを出立したハリスは、大西洋を越えてヨーロッパを回り、エジプト、インドを経由して、通詞のヒュースケンとはペナンで合流して日本に向かった。

ハリス総領事とヒュースケン通詞が下田に到着したのは、一八五六年八月二十一日(安政三年七月二十一日)であったという。

以後、ハリスは下田奉行相手に神経を尖《とが》らし、策を巡らす外交交渉が十ヵ月にわたり続けられてきた。

ペリー提督ら軍人の砲艦外交によって締結された日米和親条約は、亜米利加、日本の双方が都合よく解釈する曖昧《あいまい》な約定《やくじょう》であった、と前述した。

初代総領事に任命された筈《はず》のタウンゼント・ハリスを待ち受けていたものは、下田奉行の、

「合衆国官吏が下田に到来することは承知しているが、それは両国に問題が生じたとき、協議するということであり、従って常駐は認めぬ。亜米利加艦船への薪水《しんすい》食糧などは求めに応じて円滑に処理されており、問題は生じておらぬ。また安政の大津波で復旧作業もあり、行きとどかぬこと多々あり、帰国方を願う」

というきびしい拒絶の言葉で、和親条約締結以前の状況に押し戻された。

独学と体験からアジアの人々の考え方を学んできた商人の倅《せがれ》、タウンゼント・ハリスは、時に恫喝《どうかつ》を時に懐柔《かいじゅう》策を武器に、数人の下田奉行相手に一人でわたりあってきたのだ。

そのハリスは、バッテン卿に伴なわれた藤之助が玉泉寺に訪問したとき、猜疑《さいぎ》心《しん》に凝《こ》り固まり、疲労困憊《こんぱい》の様子で不機嫌な眼差しで一瞥《いちべつ》した。

藤之助はバッテン卿の従者の役に甘んじて、応接室には入らず、外階段に自らの居場所を選んだ。

バッテン卿が藤之助を応接室に入れてハリスに紹介しようとしたが、藤之助は、

「それがし、こちらに控えおります」

と腰から助真《すけざね》を抜いて胡坐《あぐら》を掻《か》き、山門の方角を睨《にら》んだ。

ぶうっ

と蚊が飛んできたが、藤之助は動じる気配もなく胡坐を崩さなかった。

時折、寺の裏手から馬が発する物音が聞こえてきた。

玉泉寺には馬も飼われているのか。

バッテン卿と亜米利加総領事タウンゼント・ハリスとの会談は、刻余に及び、終わった。

その様子に胡坐を解いた藤之助が立ち上がると、バッテン卿の手には手書きの文書があった。

藤之助は修補条約（下田協約）の草案ではないかと思った。

ヒュースケンが別れの言葉の後、藤之助のほうを向いて会釈し、バッテン卿に話しかけた。

「トウノスケ、ヘンリーはそなたと遠乗りに出かけたいそうだ」

バッテン卿が通訳してくれたが、それは長崎での藤之助の暮らしぶりをヒュースケンに告げたことを意味していた。

「やはり馬のいななきは総領事館のものでしたか」

「つい最近ヘンリーは、十二万八千文、亜米利加ドルで二十七ドル四十一セントの大枚をはたいてサラブレッド馬を入手したばかりとか、乗馬が数少ない楽しみのようだ」

「機会があれば通詞を願えますか」

藤之助とヒュースケンが別れの握手をするのをハリス総領事は疲れきった顔で見ながら、考え事をしているようだった。

藤之助はそのハリスに一礼するとバッテン卿と一緒に山門に向かった。石段を下りる前に本堂を、亜米利加総領事館を振り向くと未だハリスとヒュースケンが本堂前の廊下に立って見送っていた。

バッテン卿が手を振ってハリスに辞去の挨拶を送った。

「阿蘭陀人が二百年余にわたり繰り返し交渉してきたことをタウンゼント・ハリスは、孤軍奮闘してこの短期間の間に修補条約の締結にまで漕《こ》ぎつけつつある。なかなかやれることではないよ。外交官としてなかなか手強《てごわ》い人物のようだな、下田奉行どのも手こずっておられよう」

バッテン卿のハリス総領事の印象は最初に藤之助に述べたものとは微妙に異なっているように思えた。

「難航した外交交渉のせいで、ハリス総領事は健康を害しておるようだね。ヘンリーが一緒に事にあたらねば、交渉の途中で病に倒れても致し方ないところであったかもしれない」

「機嫌を損じておるように見受けられたのは、それがしが同道したことだけではないのですね」

「トウノスケ、勘違いしないでほしい。ハリス総領事は、この十ヵ月におよぶ下田協約の締結交渉に神経をすり減らし、体力を消耗《しょうもう》しているのだよ。あの胃痛に悩まされているような不機嫌な顔は、ジェントルマンなれば見て見ぬふりをするものです」

とバッテン卿が藤之助を諭《さと》した。

上海でよく聞かされた言葉の一つがこのジェントルマンであった。藤之助は、

「道義を心得た士分の者」

と理解していた。

「いかにもお話を聞けば、ハリスどのの苦労をお察し申す」

と答えながら、幕府は、日米の修補条約交渉をどう考えているのかと、そちらにも考えを巡らした。

「ハリス総領事は五十三歳の上に軍人の出でも政府役人でもないのだ。叩《たた》き上げがようも頑張られたと思う。世界の潮流に取り残されたゆえに頑迷極まる徳川幕府と交渉にあたることがどれほど大変か、私には分かる」

バッテン卿が玉泉寺の山門の上に突き出た旗竿を振り見た。

「見よ、トウノスケ。ハリスらは当初、玉泉寺を総領事館という亜米利加国の代表部として示すためにあの国旗を掲揚《けいよう》することにした。そして、あの旗竿一本を贖《あがな》うのにハリスは、七十八ドルもの大金を支払ったという。それは偏《ひとえ》に一ドル銀が一分銀と等価との交換比率にあったからだよ。長崎では考えられない日本側に有利な交換比率だ。それをハリスは粘り強く交渉したが、一ドル銀一枚と一分銀三枚の交換比率に直すのに何ヵ月も外交交渉を重ねたと嘆いておった。それを聞いただけでハリスの血の滲《にじ》むような苦労は察せられる。量目でいえば、一ドル銀とこの国の一分銀三枚が同じ重さだからね。ハリスの主張は合理的だと思う、なぜならば、ハリスは金は金、銀は銀、同重量での等価交換を、世界の常識を主張したに過ぎないのだからね」

安政当時、世界各地で通用する一ドル銀貨は直径四十ミリの円形、重さ二十七グラム、これに対して一分銀は二十四ミリ、十七ミリの長方形で重さ八・六二グラムであった。

「長崎では当然のことが江戸近くの下田では徹底されてないというわけですか」

いかにもそうなのだ、と答えたバッテン卿が、

「下田奉行どのはハリスの当然の主張に対し、幕府の刻印により一分銀は一分の価値

があり、一分金と一緒と言い放ったそうだ」

バッテン卿が笑った。

「理屈ではございますがちと無理がございますな。これに対してハリス総領事はどう反論なされたのでございますか」

藤之助は外交交渉の駆け引きに興味が湧いてさらに聞いた。

「紙片に印を押して金銀の代わりに流通させることは国内ならばもっともだが、外国に対してそれは無理な話、金銀そのものの価値で取引するのが国際的な慣習とハリスは突っぱねたそうだ」

と苦笑いしたバッテン卿が、

「その恩恵を被《こうむ》った一人がヘンリーだよ。ヘンリーが購入したリラブレッド馬も当初の交換比率ならば八十二ドルほど支払わねばならなかったはずだ。それが一ドル銀、一分銀三枚の交換比率にて二十七ドル四十一セントで済んだのだ。それでも高いとヘンリーはぼやいておったがね」

二人はすでに上の山から浜に下ってきていた。

「バッテン卿、ちと伺いたいことがござる」

「なんだね」

「玉泉寺には警備は配されておらぬのですか」

藤之助が最前から気にかかっていた一事だった。

江戸近くの下田湊で開港に向けての交渉が行われているとき、攘夷《じょうい》派や溜間詰《たまりのまづめ》派の面々が亜米利加国の代表であるハリス総領事を襲うことは十分に考えられた。

事実、玉泉寺を刺客が見張り、ヘンリー・ヒュースケンは、手にリボルバーを携えて山門下に姿を見せたのだ。

徳川幕府はペリーとの日米和親条約を締結し、ハリス総領事を曲がりなりにも合衆国を代表する官吏と認めて、玉泉寺を亜米利加総領事館として提供した以上、警備の役目は当然下田奉行にあると思った。

「玉泉寺の敷地内に下田奉行が設けた番小屋があって、日夜役人らが交代で警備をしているのだ。それが今晩にかぎり、だれもいなくなっていたとヘンリーが怒っていた」

「それはまたどういうことでございますか」

「下田奉行はハリスやヘンリーの護衛の名目で玉泉寺ばかりか、許されたはずの下田散策の折もぞろぞろと役人が従ってくるそうで、ハリスがこれを嫌がり、下田奉行に密偵がごとき行動は慎むべき、と強い申し出をしたそうな。以来、奉行所も聞き届けているという。だが、今晩のようなことは初めてとヘンリーが首を傾げておった」

「最前の刺客がハリス総領事とヒュースケン通詞を襲い、暗殺でもするようなことが起こると、幕府は困った立場に追い込まれましょうな」

藤之助の脳裏には阿片《あへん》戦争の結果、国土の一部に列強各国の軍隊を駐留させることになった清国の苦悩があった。

「間違いなくペリーは開戦を前提にして砲艦を江戸湾深くまで侵入させ、江戸城に砲口を向けることになるよ。これは亜米利加合衆国政府にとって思う壺《つぼ》のことなのだ、トウノスケ」

藤之助は列強の中では新興国の、亜米利加の強大な軍事力をパッテン卿が言っていると承知していた。

上海事情を承知の藤之助にとっても砲艦数隻の火力は江戸城を破壊に導くと容易に理解がついた。それだけはなんとしても避けねばならないことだった。

柿崎の浜辺に下りると、すでに東の空に朝の兆候が見えた。

二人の姿を認めたライスケン号の短艇が浜に近づいてきた。

藤之助は、古舘光忠《ふるたちみつただ》のほっとした顔を見た。

「ご苦労であった」

バッテン卿と藤之助を乗せた短艇は櫂《かい》を揃《そろ》えて下田湾を横切り、犬走島《いぬばしりじま》を左手に見て、赤根《あかね》島沖を迂回《うかい》すると志太《した》ケ浦《うら》の沖に停泊するライスケン号へと戻っていった。

「トウノスケ、本日の話し合いでライスケン号を下田湊に移すことにした」

とバッテン卿が藤之助に告げた。

ハリス亜米利加総領事と情報交換した末の決断であろう。

「われら、ライスケン号に戻り次第退船致し、市中には徒歩で入ります」

「そなたを待つ人はすでに下田に入っておられよう」

とバッテン卿が言い切った。

藤之助は頷《うなず》いた。

駿河《するが》の江尻《えじり》湊からライスケン号に同乗させてもらったがそれは偶然の出来事だった。ライスケン号に老中首座堀田正睦《ほったまさよし》付を命じられた座光寺《ざこうじ》藤之助主従が同乗して下田入りすることは下田奉行らに誤解を与え兼ねなかった。

「バッテン卿らは下田で協定締結を見守りなされますな」

「そうなる」

「バッテン卿は協定草案をすでに承知でございましょうな」

「今夜、ハリス総領事が渡してくれたものからそう変更があるとも思えない。ゆえにおよそのところは承知です」

「一つだけ教えて下され」

「長崎がどうなるかという心配かな」

「いかにもさようです」

「日本国肥前《ひぜん》長崎の湊を、亜米利加合衆国艦船のために開き、その地において、破損船を修理し、薪水食糧あるいは欠乏の品を給し、石炭あらばそれを渡すべし、と第一条に長崎開港が明記されることとなった。また、これに関して、第五条で、これらの艦船の修理、欠乏品の代金は金あるいは銀の貨幣にて償うべしと定められた。トウノスケ、長崎はもはや阿蘭陀と清《しん》国の占有湊ではない」

　とバッテン卿が告げたとき、ライスケン号が短艇の行く手に見えてきた。

「阿蘭陀も新しい事態に即して行動を変化させる」

「海軍伝習所の訓練は阿蘭陀国が保持なされますか」

「トウノスケ、阿蘭陀は列強国の軍事力に後塵《こうじん》を拝してきた。だが、二百五十年余にわたる阿蘭陀国とこの国のつながりは早々に切れぬ、阿蘭陀や私たちがこの国の海軍の礎《いしずえ》を築くことに変わりはないよ」

「安心しました」

ライスケン号の艦上、文乃《あやの》や田神助太郎《たがみすけたろう》の顔が見えた。

短艇の舳先《へさき》がライスケン号の船腹に垂らされた簡易階段に接した。

二

かつて船番所《ふなばんしょ》のあった大浦浜《おおうらはま》に上陸した藤之助主従五人は、切通しを越えて平滑川《ひらなめがわ》に架かる逢坂橋《おうさかばし》を渡り、下田市中に入った。

平滑川界隈には漆喰《しっくい》塗りや海鼠壁《なまこかべ》の町家が軒を連ね、

「伊豆の下田に長居はおよし、
縞《しま》の財布が軽くなる」

と下田節に歌われた賑《にぎ》わいの一端を見ることができた。同時に安政元年（一八五四）の地震で引き起こされた大津波に見舞われた被害の傷跡があちこちに残っていた。

下田は江戸と大坂を結ぶ風待ち湊として栄え、江戸初期から、享保《きょうほう》五年（一七二〇）に浦賀に移されるまで幕府直轄《ちょっかつ》の奉行所が置かれていた。

ともあれ伊豆半島の南端に位置する下田は相模灘《さがみなだ》の西の入口であり、上方から江戸への人と物資を運ぶ西廻《にしまわ》り航路の、「海の関所」の役目を負っていた。

上方から人口百万の大消費都市江戸へ運ばれる物資は膨大で、それだけに中継湊としての下田の役目は大きかった。

この下田を国際的な外交の舞台として一変させたのは、嘉永《かえい》七年（一八五四）五月、ポーハタン号など七隻の黒船入津《にゅうしん》であった。

ペリーに率いられた亜米利加東インド艦隊は、下田を震え上がらせる礼砲を殷々《いんいん》と放ちつつ、やがて上陸を開始し、三百人の陸戦隊が軍楽隊を先頭に了仙寺《りょうせんじ》まで行進していった。

これに先立つ二月《ふたつき》前、神奈川の地で締結された日米和親条約の仕上げの交渉のための示威運動であった。

江戸湾への風待ち湊であった下田は、日本最初の開港場になり、肥前長崎に代わり外交交渉の舞台に一気に躍り出たのだ。

下田に新しい風が吹いていた。活気と緊張感に溢《あふ》れていた。

その活況は日米の修補条約の成り行きしだいで一気にしぼむ不安も抱えていた。

長崎を知る藤之助にとって列強各国の船舶が湊に停泊し、異人相手の商店が軒《のき》を連ねる光景は珍しいものではない。だが、文乃や古舘光忠らにとって、下田が醸《かも》し出す異国情緒は初めての経験であった。

「藤之助様、酒屋に異人の酒が売っていますよ」

と文乃が店頭を覗《のぞ》き込み、

「あら、ぎゃまんの酒瓶《さかびん》なんて初めて」

と葡萄酒が並ぶ棚に立ち止まった。

藤之助は文乃の相手をしながらも下田の通りを蹌踉《そうろう》とさ迷う鋭い目付きの武士らの姿を気にかけていた。

「文乃、そろそろ参るぞ」

「あら、足止めさせましたわね」

ライスケン号から陸に上がった文乃はいつもの元気を取り戻していた。手には十六味地黄保命酒《ほうめいいしゅ》と銘柄が付けられた薬用酒の瓶を持っていた。

藤之助は見覚えがあった。

長崎の阿蘭陀商館で供された酒と似ていたからだ。

「江戸土産にいいと思いません」

「買いたければ買うがよい」

藤之助は番頭を呼んだ。

「番頭どの、それがし、長崎にてこの酒を飲んだ記憶がある。別物かのう」

「お侍様、長崎のどちらで飲まれましたな」

「出島《でじま》の商館であった」

「それなればこの保命酒と一緒にございます」

「やはりそうか」

「保命酒とは大坂の漢方医中村吉兵衛《なかむらきちべえ》様が備後鞆《びんごとも》の津《つ》で醸造されていたものでしてな、吉備《きび》の旨酒《うまざけ》に清国から渡来の生薬を浸《つ》けこんで造らせた、格別な薬用酒でございますよ。中村家では長崎に渡来の薬草を買い付けに参りますので、保命酒が長崎にあっても不思議ではございません」

「その酒が豆州《ずしゅう》下田で売られておるのは船で到来したせいか」

「お侍様、備後鞆の津も瀬戸内の風待ち湊、朝鮮通信使ご一行や大名家が立ち寄られます。また藩主の阿部正弘《あべまさひろ》様は先の老中首座の要職に就いておられたお方、阿部の殿様が禁裏や幕府に献上なされたことで、保命酒の名が江戸でも京でも知られおりましてな、黒船のペリー提督にもハリス総領事にもうちの保命酒を飲んで頂いております」

と番頭が自慢した。

酒屋に三人連れの浪人が入ってきて陳列された酒を眺めた。

「まあ、一杯試しに飲んで下さいな」

三人連れの浪人を気にしながらも番頭がぎゃまんの器に保命酒を注ぎ、藤之助に供した。それをまず藤之助が嘗《な》めて、

「おお、長崎で賞味したと同じ酒の味じゃ」

と器を文乃に回した。

「頂戴します」

と文乃が口を付けて、

「あら、美味《おい》しい。体の中がいきなりかあっと温かくなったわ」

「娘さん、血のめぐりがよくなったからですよ」

「古舘様、どうぞ、お試し下さいな」

と自分が口を付けた器の部分を懐紙《かいし》で拭《ぬぐ》った文乃が古舘に回した。

ひと嘗めずつ賞味した保命酒を藤之助は三瓶購入した。文乃のものと養母お列《れつ》などへの土産にだ。

「お侍様方は江戸から下田見物にござりますかな」

「いや、御用でな」

「おや、御用でしたか、どちらに参られます」

女連れの五人組が御用とは想像もしなかったか、番頭が聞いた。

「これから奉行所に参る」

堀田正睦の書状には、

「下田奉行所に出頭を命ず」

とあった。

「確か川の上流であったたな」

「いかにもさようです、うちを出たら真っ直ぐに参られませ。すると稲生沢川《いのうざわがわ》に架かる湊橋《みなとばし》に出ますでな、その橋は渡らずその川沿いに六、七丁上流に上がられたところの橋を渡ると、袂《たもと》に新しい奉行所がございます、直《す》ぐに分かりましょう」

と番頭が教えてくれた。

三人組の浪人の姿はいつの間にか酒屋から姿を消していた。

「下田に奉行所がございますので」

と古舘が藤之助に尋ねた。

た。
「此度《こたび》の黒船騒ぎで慌《あわ》てて開設されたのだ」
藤之助は、長崎からの帰りに観光丸《かんこうまる》で立ち寄った折、得ていた知識を思い出してい
た。
下田には江戸時代を通じて三度奉行所が設置され、廃止されている。
一度目は元和《げんな》二年（一六一六）に江戸と上方を往来する船を監視するために設置さ
れ、下田外れの須崎《すざき》に遠見番所《とおみばんしょ》が設けられていた。この遠見番所は藤之助らが上陸し
た大浦に移されて、上方から江戸へと入る船は、大浦に立ち寄り、検問を受けねばな
らなかった。
ために箱根《はこね》の陸の関所に対して下田が海の関所の任務を担うことになったのだ。
この下田奉行所が享保《きょうほう》五年（一七二〇）に浦賀に移されたことは前述した。
二度目は異国の艦船が日本周辺の海に出没し始め、海防の危機が叫ばれるようにな
った天保《てんぽう》十三年（一八四二）から弘化《こうか》元年（一八四四）の二年間、下田に奉行所が設
置された。
この折は宝福寺《ほうふくじ》が仮奉行所にあてられた。
三度目は、神奈川で日米和親条約が締結されたのを受けて下田が開港され、ペリー
提督が下田に軍楽隊、陸戦隊を率いて上陸する直前の嘉永七年（一八五四）三月二十

四日に奉行所が設けられた。

この折も仮奉行所として初め宝福寺が選ばれ、稲田寺《とうでんじ》に移り、安政二年（一八五五）に中村に奉行所が新しく建築されていた。

藤之助らは下田の町を抜けて下田内湊に出た。すると回船問屋に異人の姿がちらほらと見うけられた。また下田内湊に流れ込む川の河口が望めた。稲生沢川だろう。

「藤之助様、あれが湊橋ではございませぬか」

と光忠が言ったとき、一行の前に三人連れの浪人が立ち塞《ふさ》がった。

最前、酒屋で見かけた三人組だ。

「なんぞ用か」

と田神助太郎が道を塞いだ三人に言った。

「女連れで御用とはなんともよいご身分だな」

「人にはそれぞれ事情があってな、道を開けてくれぬか」

と古舘が田神に代わって応じた。

「われら、いささか路銀に窮《きゅう》しておる。無心を願おう」

「路上で物乞いの真似《まね》か。そなたらも二本を差した武士なれば恥を知られえ」

古舘光忠の言葉に三人が下卑《げび》た笑いで答えた。

「光忠、相手になるでない。参ろうか」

藤之助が文乃を庇《かば》いながら、三人の間を割って進もうとした。すると腰に差していた鉄扇を抜いた一人がその先で藤之助の胸先を突いて、強引に足を止めさせた。

藤之助は文乃に、

「下がっておれ」

と命じた。

折からその場を乗物が通りかかり、中の人物がこつこつと叩いて陸尺《ろくしやく》に乗物を止めさせた。騒ぎを見物する気か。

「そなたら、白昼の市中で餓狼《がろう》のごとき所業、許せぬな」

「どうするというのだ。奉行所に行くと最前申しておったが、われらを連れていくか」

「望みなれば」

ふっふっふ
と笑った鉄扇の男が、

「われら、江戸神田お玉ヶ池北辰一刀流玄武館《ほくしんいっとうりゅうげんぶかん》の門弟である。いささか腕に覚えがある」

「なに、千葉《ちば》道場の門弟というか」

「おおっ」

藤之助が今度は、
ふっふっふ
と笑った。

「なにがおかしい」

「玄武館にはそなたらのような薄汚い門弟はおらぬ」

「そのほう、お玉ヶ池を承知というか」

「それがし、今は亡き周作成政《しゅうさくしげまさ》先生により一門の端に加えられた者である。二代目道《どう》三郎光胤《ざぶろうこういん》どの、次男の栄次郎成之《えいじろうしげゆき》どのとは竹刀《しない》を交わした仲でな」

「うーむ」

藤之助の言葉をどう受け止めればよいか、という表情で思案していた鉄扇の手がいきなり翻《ひるがえ》った。

鉄扇で藤之助の額をしたたか打ち据えようとしたのだ。

だが、相手の男は藤之助の左手の動きを見逃していた。左手が藤源次《とうげんじ》助真の鍔《つば》にかかるとそのまま、

すいっ
と助真を鞘《さや》ごと抜き出し、柄頭《つかがしら》が相手の鳩尾《みぞおち》を突き上げて後方に数間も吹っ飛ばしていた。

「やりおったな」

と仲間の二人が抜刀した。

「止《や》めておけ」

と乗物の中から声がかかり、供 侍《ともざむらい》が引戸を横に引いた。

「そなたらがどう息まいても敵《かな》う相手ではないわ」

抜刀した一人が血走った目を乗物の主に向けた。

藤之助にとって旧知の人物だ。

「なにっ」

と視線を巡らした一人に従者の侍が、

「老中首座堀田正睦様が年寄目付陣内嘉右衛門《じんないかえもん》様である。そのほうら、下田奉行所の牢にぶちこまれぬ前に早々に立ち去れ。ならば、本日の所業、見逃して遣《つか》わす」

と怒鳴りあげると浪人らの顔に狼狽《ろうばい》と動揺が走った。

二人は慌てて刀を鞘に納め、藤之助に助真の柄頭の強襲を受けて路上にふっ飛び、意識を失った仲間の体を引きずって逃げ去った。

藤之助が陣内嘉右衛門に会釈して、

「危ういところをお助け下さり、忝《かたじけ》のうございました」

「その言葉、あやつらが言うべきであろう。座光寺藤之助為清《ためすが》どの、よう、下田に参られた」

と陣内嘉右衛門が笑いながら応じた。

「そなたら、奉行所に出向くところか。苦虫を嚙《か》み潰したような奉行どのに会うても気分が悪くなるばかりじゃぞ。ちと刻限は早いが昼餉《ひるげ》を付き合わぬか」

堀田正睦の書状は、藤之助に下田奉行所への出頭を命じていた。だが、だれと会えとは記されてなかった。

藤之助が予測したことは堀田の懐刀《ふところがたな》、陣内嘉右衛門が待ち受けているであろうこと、そして、新たな命は嘉右衛門の口から告げられる筈と考えて下田入りしたのだ。

「いきなり陣内様にお会いするとは運がよろしいことで」

「運もなにも下田は長崎に比してもも小さなところよ。そなたの到来はすでに承知しておった」

乗物の中から下田湾口を嘉右衛門が見た。その眼差しの先に沖合に停泊するライスケン号が見えた。

「昨晩は柿崎に参ったそうじゃな。ハリス総領事どのの機嫌はいかがであったな」

「いささかお疲れの様子とお見受け致しました」

「十ヵ月におよぶ長丁場の外交交渉よ。あちらもこちらも気も使えば、体力も消耗《しょうもう》しておってな、双方ともに神経が苛立《いらだ》っておるわ」

と苦笑いした陣内嘉右衛門の視線が文乃に行き、

「文乃、そなたと下田で会うとは考えもしなかったぞ」

「陣内様、山吹陣屋《やまぶきじんや》に藤之助様のお供で参り、かような仕儀《しぎ》に立ち至りました」

「刺々《とげとげ》しい外交の場にはそなたのような娘がおるほうがすべてはうまくいくやも知れぬ」

「陣内様、昼餉を馳走してくださいますので」

笑顔で文乃の言葉に頷《うなず》いた嘉右衛門が従者に何事か命じ、その者が若い侍に耳打ちして先に走らせた。

藤之助らは嘉右衛門の乗物に従い、湊橋から河口のほうへと戻ることになった。

乗物の傍らには藤之助一人が従い、古舘らは陣内の従者と一緒に後ろに従った。

「座光寺どの、そなた、すでに下田協約の内容を承知じゃな」

「長崎の開港のことは」

「長崎では上を下への騒ぎが起こっていよう」

「陣内様、長崎の開港はすでに予測されたことではございませんか」

「開港のことではない。下田での外貨との交換比率の一件のことよ」

「ハリス総領事の強い注文で一ドル銀貨と三枚の一分銀が交換される金銀等価になったのでしたな」

「いかにもさようだ。ために百枚の一ドル銀貨は三百枚の一分銀と交換される。小判なれば七十五両と洋銀百ドルが等価だ」

「はい」

「じゃが、香港《ホンコン》では七十五枚の小判を持ち込めば、未だ三百ドルの銀貨と替えられる。それを長崎に持ち帰れば、二百二十五両と交換される仕組みじゃな」

「長崎商人は小判を香港に運んで相場差益で儲《もう》けておられるので」

「長崎奉行所の勘定方《かんじょうがた》、長崎町年寄《まちどしより》、唐人屋敷、出島の阿蘭陀人などが競って香港に船を出しておるそうな。莫大《ばくだい》な小判が異国に流れて幕府ではこの対策に苦慮しておるところよ。長崎にとっては最後に舞い込んだ大商いじゃ、この儲けをどう開港後につなげられるか」

陣内嘉右衛門が呟《つぶや》き、しばし沈黙した。

「陣内様、玲奈《れいな》の近況、ご存じではありませんか」

「バッテン卿はなにも申さなかったか」

「思わぬ人と下田で会うことになるやもしれぬ、と申されました。それが陣内様のことか、あるいは玲奈のことか。ただ今陣内様のお話を聞いて、玲奈が下田に現れることはあるまいと思いました。今頃、香港の地に船を走らせておることでしょう」

「かもしれぬ」

乗物はいつしか平滑川を渡り、下田内湊を見下ろす高台へと向かっていた。

「陣内様、堀田様の書状にはそれがし、老中首座付に転ずとだけしか記してございませなんだがどのようなお役目にございますか」

「早晩長崎の海軍伝習所の機能は江戸築地《つきじ》の講武所《こうぶしょ》内に設けられた軍艦操練所に移行する。そなたが長崎で経験したように海軍伝習所のような機関は、今後、各国列強との付き合いが増え、異人との応接が多くなる。そなたは軍艦操練所付教授方を兼ねた異人応接掛《がかり》という役目で動く。この任、老中首座直属と思え」

堀田正睦は長崎での藤之助の言動を聞いて、異人と面接してもなんの支障もない役職を設けたのだ。

乗物は坂道を上がっていた。

「下田でのお役目もこの職掌《しよくしよう》にそったものですか」

「まずは此度《こたび》の下田協約が無事に締結をみるように働くことだ。阻害する者あらば躊躇《ちゆうちよ》なく始末せよ」

藤之助は答えなかった。あまりにも陣内の言葉が直截《ちよくさい》に過ぎたからだ。

「そなた、信濃一傳流《しなのいちでんりゆう》を刺客ごときが遣う殺人剣に用いたくないと思うておるな」

「…………」

「徳川幕府にとって重荷を負わされた日米の修補条約締結になろう。だが、これしか幕府が延命する策はないのだ。潰されれば、そなたが見た上海がこの地に出現する」

「いかにも」

「われらは屈辱に耐えて数年の時間を下田協約で贖おうとしているのだ。だれもが小異を捨てて大同につかねばなるまい。座光寺藤之助為清、そなたも同じことぞ」

乗物が不意に止まった。

苔《こけ》むした茅葺《かやぶき》屋根の門を乗物が潜《くぐ》った。

「お帰りなさいませ」

料亭安乗楼《あんじようろう》の玄関前で女将《おかみ》と思える女が陣内嘉右衛門一行を迎えた。

三

藤之助ら主従五人の下田での宿舎は、料理茶屋安乗楼の蔵座敷に決まった。むろん陣内嘉右衛門の手配があってのことだ。

安乗楼は難航する日米の修補条約を側面から助勢する老中首座堀田正睦の前線基地として堀田正睦が借り上げたものだ。

藤之助は、嘉右衛門と二人だけの昼餉のあと、安乗楼の蔵座敷の一室で昼寝をした。

安乗楼は下田の網元、回船問屋などの旦那衆が使う料理茶屋で、下田湾を見下ろす高台にあって敷地は三百七十余坪ほど、二階建ての母屋の他に離れ屋と蔵座敷があった。先の大津波にも高台にあるために被害を受けていなかった。

陣内嘉右衛門は離れ屋に起居していた。

藤之助主従の宿営となった蔵座敷は、土蔵造りで表と裏に両開きの扉があって風が吹き抜けるようになっており、海からの風が吹き通った。

藤之助は下田湾からの夕風が吹き始めた気配に目を覚ました。するとまず蟬《せみ》の鳴き声が耳についた。

藤之助がこの夏、初めて耳にする蟬の声だ。

熟睡はしたが昼餉《ひるげ》のとき、陣内嘉右衛門から聞かされた下田協約の難航のことが藤之助の頭の底に残り、どことなく重く澱《よど》んで残っていた。そのせいで寝起きはよくなかった。

「少しは休まれましたか」

その声を聞いて、藤之助は起き上がった。

蔵座敷は表の入口から八畳間、板の間と続き、その板の間に二階への梯子段《はしごだん》があって、さらに六畳間があった。

藤之助が昼寝をしたのは六畳間だ。蔵の外には小さな泉水があって水草が浮かんでいた。その奥に低い土塀《どべい》越しに下田湊を望むことができた。

梯子段のほうに視線を巡らすと、蚊遣《かや》りを下げた文乃が立っていた。

「二階は片付いたか」

二階は板の間で安乗楼の調度品を仕舞《しま》うために使われていたとか。

安乗楼が老中首座堀田正睦に借り上げられたとき、蔵座敷の二階も整理されて畳《たたみ》が敷かれて居住できるようになっていた。

「私ひとりの寝間には十分の広さがございます。蔵座敷は表から裏へと風が吹き通る造りになっておりますゆえ、二階にもおこぼれの風が吹いてきて気持がようございます」

藤之助自身、下田滞在がどれほどの期間になるか承知していなかった。

江戸で茶道具屋の老舗《しにせ》、後藤松籟庵《ごとうしょうらいあん》の駿太郎《しゅんたろう》との祝言《しゅうげん》を控えた文乃をいつまでも同行させるわけにはいかないとも分かっていた。だが、藤之助に予定が立たぬ以上、文乃をどうしたものか、思案が立たないでいた。

下田の湊で再会した藤之助を嘉右衛門は安乗楼へと誘い、

「この家で昼餉を摂《と》る。食しながらそなたには話がある。じゃが、その前に言いおく。そなたらの下田での宿房は安乗楼の蔵座敷とせよ」

とすでに算段していたか、藤之助に命じた。

その命に従い、古舘ら四人が直《す》ぐに蔵座敷に案内された。

藤之助と嘉右衛門は、二人だけ離れ屋で昼餉を共にした。

「日米和親条約の修補条約は難航しておる」

と嘉右衛門が結論を告げた。

亜米利加側の認識とだいぶ異なる考えであった。

「目処《めど》が立ったかに玉泉寺にて聞き及びましたが」

「およその目処は立った。うまくいけば今月二十日過ぎには締結の運びとなろう。ただし、それは外交交渉の最前線の下田での認識に過ぎぬ」

　と嘉右衛門が言い切った。

「協約締結が土壇場でひっくり返ると申されるので」

「その可能性も考えられよう。ただ今、ハリス総領事からの要求に応えて下田奉行の一人中村時万《なかむらときかず》どのが江戸に呼び戻されておられ、日米双方の談合そのものは中断しておる。江戸からの返答がハリスを満足させるとなれば締結の運びとなろう」

　と最前とは異なる楽観的な予測を語った。

「ただしじゃ、ハリスが強く望んでおる江戸城での上様への謁見《えっけん》と亜米利加ピアス大統領の親書捧呈が下田協約締結と抱き合わせとなれば、再び難航は必至である。城中の溜間詰《たまりのまづめ》派の方々が上様との謁見に頑強に反対しておられるでな、先行きがみえぬ。ひと山越えてもなかなか光が見えぬのが外交交渉、きびしい情勢に変わりはない」

　嘉右衛門は再び険しい表情をみせた。

　亜米利加の初代総領事タウンゼント・ハリスにとって最初の外交的勝利は、下田協約の締結ではない。江戸城での将軍家定《いえさだ》への謁見とピアス大統領の親書を直《じか》に将軍に手渡すことにあった。

この対面の儀式を経て、新興国亜米利加は英吉利《イギリス》、おろしゃなど列強各国を差し置いて、

「十九世紀最大の外交的勝利」

を世界に示すことになるのだ。

同時にそれは素人外交官ハリスの勝利と成功を意味した。

ハリスは当然のように江戸入りという晴れの舞台をなんとしても下田協約締結直後の機会に持ちたいと考えていた。

そのことが成就した瞬間、ハリスは、

「二世紀以上も鎖国策を保持してきた日本を開国した男」

という評価が下されるのだ。これは明らかに歴史に名を残す大偉業で名誉であった。

一方、江戸では鎖国を死守したい溜間詰派の抵抗もあり、日米の修補条約を締結しても、将軍謁見はしかるべき時期に先送りしたいとの考えが根強く支配していた。

「下田での外交交渉が十ヵ月に及んで難航しておる背景には、われら、幕閣が世界の情勢に目を瞑《つむ》ってきたことが第一に挙げられよう。われらは異人との交渉ごとにまっ

たく無知であった」

　と嘉右衛門が嘆いた。

　徳川幕府は長崎の阿蘭陀商館を通じて激動する世界の変化を摑《つか》んできた。いわゆる、

「阿蘭陀風説書《ふうせつがき》」

　と称する不定期の報告は長崎奉行を通じて、随時江戸城中に知らされた。

　鎖国下とはいえ、必要最低限の情報は幕府も承知していたのだ。だが、残念ながら幕閣では激動する国際情勢を分析する能力に欠けていた。

　亜米利加の東インド艦隊が喜望峰《きぼうほう》からインド洋経由で日本に来航することも阿蘭陀風説書によって幕府は事前に承知していたにも拘《かか》わらず、その重大性に思い至る分析力に欠けていた。

　それが日米和親条約、下田での修補条約を通じて弊害になっていると嘉右衛門は藤之助に言った。

「次に言葉の問題がある。英吉利国の母語である英語が外交の場では主役をつとめておるのだが、われら日本は阿蘭陀語をただ一つの対外的な言葉としてきた。この阿蘭陀語偏重が今になって、外交交渉を複雑にしておってな、ハリスの要求は当然ながら

英語で伝えられ、それを亜米利加の通詞が阿蘭陀語に訳して日米双方の通詞がすり合わせ、日本側の阿蘭陀通詞が阿蘭陀語から和語に直すという作業に入る。この通詞の作業だけでも長時間を要するのだ」

「ハリス総領事の苛立ちと不機嫌の一端は言葉にございましたか」

「ハリスは日本側がみだりに外交交渉を言葉のせいにして長引かせておると憤激しておる。じゃが、英語から阿蘭陀語、さらには和語という作業は時間がかかるものよ。この過程で双方に食い違いが生じてきて、また一からやり直すという繰り返しでな」

「陣内様、溜間詰派の面々の主張は家定様謁見を先送りに、出来ることなれば拒みたいということにございますか」

藤之助は改めて念を押した。

「溜間詰派の考えもいろいろあってな、強硬派はなんとしても阻止せよと主張なされておられるが、正直そのような考えはもはや日本を取り巻く状況下では通じぬ」

と嘉右衛門は嘆いた。

「ハリスから一つの要求が下田奉行に上がっておる」

と嘉右衛門の話柄が変わった。

「長引く外交交渉に体調がすぐれぬとかで、看護人を雇いたいというのだ」

「医師ではなく看護人にございますか」

「ハリスは日本人医師を信用しておらぬでな。女の看護人を雇い、身の回りの世話をさせたいというのだ。ところが、看護人の名目でハリスとヒュースケン通詞が女を要求しておるのではないかと江戸では疑っておられてな。いや、都合よく解釈しておってな」

藤之助は、男ばかりの玉泉寺の様子を思い出していた。

「ハリスの要求どおりに若い女を与えて、外交の場でのハリスの舌鋒を和らげよと下田奉行に沙汰《さた》が届いておる。近々ハリスの下へ女が届けられる手筈《てはず》になっておるが、その策が吉とでるか凶とでるか、見物《みもの》ではある」

藤之助は昨夜会ったハリス総領事の疲れ切った様子を思い出し、

（ハリスの真意は言葉どおり看護人）

を雇うことではないのか、と考えた。

ともあれ素人外交官のタウンゼント・ハリスと阿蘭陀生まれの青年ヘンリー・ヒュースケンの二人が江戸幕府に突き付けた要求は、幕府をきりきり舞いさせていた。それだけに孤軍奮闘するハリスの神経の遣い方は尋常ではあるまいと推測した。

「外交とは国の威信をかけた戦《いくさ》」

藤之助が昨夜来、バッテン卿、さらには嘉右衛門と話してみて得心したことだ。

「下田にも続々と溜間詰派の放った刺客が入り込んでおる。ハリスを刺客に暗殺させてはならぬ、なんとしても此度《こたび》の下田協約は纏《まと》めねばならぬ。座光寺藤之助どの、頼んだぞ」

嘉右衛門が呻《うめ》くように言葉を吐《は》き出した。


「藤之助様」

物思いに耽《ふけ》る藤之助に文乃が声をかけた。

「おお、迂闊《うかつ》にもぼうっとしておった」

「陣内様からお話がございました」

「話とはなんだな」

「文乃が江戸に帰りたいのであれば江戸への便船に託してもよいとのお申し出にございました」

「われらの下田滞在がどれほどになるか知れぬでな、それがしも漠《ばく》と考えておったことだ」

「藤之助様も文乃に江戸に帰れと申されますか」

「そうは申さぬ。じゃが、駿太郎どのとの祝言を控えておる文乃をそれがしの都合であれこれと引きまわしてよいものかと案じておったところだ」

「陣内様から皆様の下田滞在は、異人との交渉が済めば終わると聞き及びましたが」

「おそらくこの月内には終わろうとは思う」

「文乃はその結末を見て江戸に戻りとうございます」

「退屈ではないか」

「なんの、退屈などしておりませぬ。女の私ですが徳川様の行く末を占う話し合いを下田で見るのも大事なことかと考えております」

藤之助の伊那行きに同道しての山吹陣屋での滞在と、さらには下田への道中の経験が文乃にとって大きな出来事であったようだ。

「駿太郎様と所帯を持つ上でも異人とはどのような考えを持つものか、これから私どもの暮らしや商いとそれは関わりがあるのかないのか、知るよい機会かと思います」

「そう考えるなれば最後まで同道せよ」

「はい」

文乃の顔に喜色が零《こぼ》れた。

「ただし駿太郎どのに断りの手紙を出すのが下田滞在の条件じゃぞ」

「ご案じなさいますな。藤之助様がお休みの間に駿太郎様、お列様、実家にと文を認《したた》め、保命酒と一緒に飛脚屋《ひきやくや》に頼みました」

「すでに文乃の腹は固まっていたのか」

と藤之助が得心したとき、

「藤之助様、母屋の湯屋を使われませぬか」

と古舘光忠が姿を見せた。

「藤之助様、着替えはすでに用意してございます。山吹陣屋以来の旅の垢《あか》をお流し下さい」

文乃が手伝うつもりか立ち上がった。

五つ（午後八時）の時鐘が下田湊に鳴り渡ったとき、藤之助は陣内嘉右衛門の供で安乗楼を出た。徒歩の嘉右衛門に従ったのは藤之助だけだ。嘉右衛門が、

「供はそなただけでよい」

と命じたからだ。

だが、安乗楼を出る前に古舘光忠を呼んで藤之助は何事か命じた。光忠の顔に緊張が走り、

「畏《かしこ》まりました」

と受けた。

「なんぞ異変が生じましたか」

提灯《ちょうちん》を自ら持った藤之助が嘉右衛門の足元を照らしながら聞いた。

「事態が動かぬのが異変といえば異変」

嘉右衛門は江戸から返答がないことを告げていた。

「そなたの下田入りはすでに下田じゅうが承知じゃあ。これまでのようにのんびりとした日々は終わったと思え」

「なんぞございますので」

「江戸から新たなる刺客が下田に入り込んだようじゃや。その者らを唆《そそのか》しておられるのは、彦根《ひこね》藩か水戸《みと》様と思える。座光寺藤之助為清の首に三百両の賞金がついたそうな」

山吹に到来した刺客は藤之助の首代二百両と告げた。百両値上がりしたことになる。

「見くびられたもので」

「安いと申すか」

「いささか安うございますな」

藤之助はすでに山吹陣屋に溜間詰派が放ったと思える刺客、大星吉兵衛《おおぼしきちべえ》、猫田清右衛門《ねこたせいえもん》の二人に、熊野古道修験者《くまのこどうしゆげんじや》の百済弁意斎《くだらべんいさい》ら三十余人の集団が現れた経緯《いきさつ》を語った。

「なんと溜間詰派はそなたの領地に刺客を送り込んでおったか」

「長崎以来の因縁《いんねん》もございます。致し方ない仕儀かと存じます」

「信濃伊那谷《いなだに》の山吹陣屋に刺客を送り込んで敗北したとなると下田にはそれなりの覚悟で人を差し向けたのであろうな」

「山吹陣屋で出会うた刺客の一人、心形刀流《しんぎょうとうりゅう》陽炎源水高晃《かげろうげんすいたかあき》と名乗った武芸者の動静が気にかかります」

藤之助は出会った時の言動を告げた。

「刺客の使命を負った者がいきなり斬りかかることをせずに姿を消したと申すか」

「山吹陣屋に現れた三組の刺客の中で一番手強《てごわ》いのがこの菊池槍《きくちやり》を携えた陽炎源水にございます」

「いずれそのうちそなたの前に現れような」

「間違いなく」

二人は稲生沢川の右岸に沿って上流へと遡《さかのぼ》っていた。

藤之助は中村にある下田奉行所に陣内が出向くのだと推量した。

「昨夜、そなたとバッテン卿がハリスを訪ねた折、そなたを刺客が襲ったと申したな」

「いかにもさよう、三人にございました」

「その者ら、溜間詰派の刺客と思うか」

「なんとも申せませぬ。異人嫌いの攘夷派かも知れませぬ」

「玉泉寺を警護致す番人が不在であったと申したな」

「ヘンリー・ヒュースケンはそのようなことは初めてと申しておりました」

「玉泉寺から十丁ほど東に向かった外浦の浜で斬殺体が見つかったそうな。どうやら下田奉行所から、亜米利加総領事館が設けられた玉泉寺の警護に出されておった同心ではないかと推測が付けられたのであろう。わしのところに奉行所より知らせが参った」

陣内嘉右衛門が奉行所を訪ねる理由がこれなのか。

稲生沢川の対岸に下田奉行所が見えてきた。

「陣内様、奉行所は市中からだいぶ離れておりますが、なんぞ理由がございますので」

藤之助は疑問を呈した。

「そなたも戸田《へだ》に参ったで、嘉永七年（一八五四）十一月四日の大津波の一件を承知しておるな」

「確かおろしゃのプチャーチン提督との日露和親条約締結の交渉中に起きた大津波にございましたな。おろしゃの軍艦ディアナ号が大破するほどの大津波であったそうな」

頷いた嘉右衛門が、

「日露和親条約に先立ち、日米和親条約がその年の三月に締結され、下田が開港した。そこで幕府では三月二十四日に下田の宝福寺に仮下田奉行所をおいて、浦賀《うらが》奉行の伊沢美作守《いざわみまさかのかみ》様と佐渡《さど》奉行の都筑駿河守《つづきするがのかみ》様を下田奉行に任じて赴任させた。そこへ十一月の大津波よ、下田に大きな被害が出て宝福寺も浸水した。そこで仮奉行所は湊から離れた稲田寺に移された」

二人は稲生沢川に架かる橋に差し掛かった。

下田市中の明かりは遠くになっていた。

「ご時世を考えると下田奉行所が寺に仮住まいし、奉行の居宅と役宅が一緒ではもはや執務もままなるまい。そこで幕府では、一万七千両の大金を投じてこの地に新奉行所を建設せしめたというわけだ。偏《ひとえ》に大津波も襲いこぬようにと、湊から奥に入った稲生沢川上流に決まったというわけだが、奉行所が市中から離れておることがよいことかどうか」

二人は下田奉行所の総門《そうもん》である南門に到着していた。かがり火が焚《た》かれた門前は騒然とした空気に包まれていた。

四

俗に中村御役所《なかむらおやくしょ》と呼ばれる下田奉行所は総構え九千八百余坪、周囲には溝を掘り巡らし、内側に木柵を設け、海側に総門の南門が、山側に裏門と出入り口二ヵ所があった。

敷地の中には外交交渉の場に使われる御役所応接室や執務室、白洲《しらす》、武術稽古場《けいこば》、さらには奉行以下与力同心ら百四十人の宿舎や長屋が点在して建てられていた。

この下田奉行所の管轄《かんかつ》する地域は海だけではない。下田の他に岡方《おかがた》、柿崎、須崎、本郷《ほんごう》、中村、立野《たての》、蓮台寺《れんだいじ》の七町村と預所《あずかりしょ》（領地）があった。

下田奉行所の主たる任務は密貿易の取り締まりおよび治安維持であった。さりながらただ今、下田奉行所が奔走《ほんそう》させられているのは外国列強、つまりは亜米利加国との修補条約締結交渉であった。

「陣内様、お奉行がお待ちにございます」

門番の同心が陣内の顔を見て案内に立とうとした。そして、提灯を下げた藤之助に気付き、

「お供の方はあちらへ」

と門の脇にある供待ち部屋を指した。

「供ではない。この者、それがしと同道致す」

嘉右衛門の一言で同心が二人を吟味場に案内した。すると広土間に大勢の役人が集まり、なにかを見ていた。

「陣内様、ご到着にございます」

同心の声を聞いて役人の群れが、さあっと二つに分かれた。すると三つの亡骸《なきがら》が筵《むしろ》の上に寝かされて、医師の手で検死が行われていた。それを大勢の同僚らが見守っていた。

「痛ましいことが起こりました」

板の間に座していた中年の武家が暗い顔を上げて嘉右衛門を見た。

「玉泉寺の番小屋に派遣しておった同心の三人が何者かに殺害されて、外浦の海に浮かんでおりました」

「三人が姿を消したのは昨夜のことであったな」

「いかにも」

「井上《いのうえ》どの、下手人の心当たりござるか」

羽織の武家が下田奉行の一人井上信濃守清直《しなののかみきよなお》であろうと藤之助は推測を付けた。

「陣内様が申されるとおり、上迫《かみさこ》同心らが何者かに誘い出されて玉泉寺から姿を消したのは昨夜五つ半（午後九時）の刻限と推測されます。その直後に玉泉寺に異人連れの武士が訪ねたそうにございます。この者たちが上迫ら殺害に関わりがあるかどうか、探索の最中にございます」

そのとき、裏口から吟味場に初老の御用聞きが入ってきて、藤之助の姿に目を止めた。そして、舐《な》めまわすような目つきで確かめていたが傍らの若い同心に何事か囁《ささや》いた。その同心の視線がちらりと藤之助を見て、さらに井上清直に歩み寄ると藤之助を見つつ何事か小声で報告した。

「なにっ」

と井上が驚きの声を漏《も》らし、

「陣内様、同道のお方はどなたにございますな」

と尋ねた。

「おお、井上どの、引き合わせるのが遅れて申し訳ない。先の長崎海軍伝習所剣術教授方座光寺藤之助為清どのにござる」

「剣術教授方、にございますか」

井上は両手で木刀でも振るような格好をしてみせた。

「さよう。ただ今は軍艦操練所付教授方兼異人応接掛に転じられたばかりである。なんぞこの者にご不審か」

「昨夜、異人と一緒に玉泉寺を訪れた武士と似ておると申す者がおりましてな」

吟味場に新たな緊張が走った。

「間違いございませんや、お奉行様。こやつが異人と玉泉寺を訪ねて長いこと話し込んでおりましたんで」

御用聞きが藤之助を睨みながら叫んだ。

「それがし、上迫同心方殺害の下手人と思われておるのか」

藤之助の声が長閑《のどか》に吟味場に響いた。

「上迫の旦那方を殺しておいて玉泉寺に首尾を報告しにきたんじゃございませんか」

「黙れ、御用聞き風情が僭越至極《せんえつしごく》である」

と井上清直が一喝《いっかつ》して御用聞きの口を封じた。

「この者が申すことになんぞ異論がござろうか」

「それがし、いかにも玉泉寺を訪ねました。だからと申して上迫同心らを殺害したことなどさらさらござらぬ。もし、その者がわれらの玉泉寺訪問をどこかから見張っていたとするならば、寺の石段でわれらがいきなり何者かに襲われた事実を承知しておりましょう。その報告がござりましたか」

「いえ、そのようなことは」

最前、御用聞きから真っ先に耳打ちされた同心が応じた。

「それはいささかおかしゅうござるな。われら、いささかも上迫同心らがことは知らず。はっきりとしておることはいきなり石段上から斬りかかられた事実だけにござる。のう、御用聞きどの」

藤之助が初老の御用聞きを見た。すると陽に焼けた顔が真っ赤に変わった。

「銀造《ぎんぞう》、たしかか」

同心が御用聞きに確かめた。

「へっ、へい。こやつがあっという間に三人の者を石段下に斬り落としたんでございます。腕が立つ野郎で上迫様方を斬ったとしてもおかしくはございませんよ」

「銀造、おまえの推量などだれも聞いておらぬ。なぜそのような大事を報告せぬ」

同心が御用聞きを詰問した。

「旦那、昨晩のことは複雑過ぎてなにがなんだか頭の整理がつかないいんでさ。ですから、もう少し探索してから旦那にご報告をと思いましたんで」

「銀造、あれほど勝手な判断をするなと命じてあるぞ。考えるのはわれらの仕事、おまえは見たことを即刻にわれらに報告するのが務めだ、忘れるでない」

若い同心が御用聞きを注意した。

「井上どの、座光寺どのに同道された異人は、長崎の阿蘭陀商館の関わりの者でな、幕府とは昵懇《じっこん》のバッテン卿と申されるお方だ。怪しいものではない」

「なにゆえ深夜に座光寺どのがバッテン卿を伴い、玉泉寺を訪ねられたのでございましょうな」

「井上様、それがし、バッテン卿の護衛を旧知の誼《よしみ》で願われました。バッテン卿がどのような理由から玉泉寺を訪ねられたか、それがし、異国の言葉を解しませんので分かりませせぬ」

藤之助の言葉に嘉右衛門が言い足した。

「座光寺どのが軍艦操練所異人応接掛と申しましたな、この役職、老中首座堀田正睦様直属にござってな、異人と接するのが任務にござる。バッテン卿の警護もその一つとお考え下され。ともあれ上迫同心らの殺害にこの座光寺藤之助どのが関わったことなどないことは陣内嘉右衛門が保証する」

下田奉行井上清直としても堀田正睦の名を出されたのでは、それ以上の追及もしようがない。

「お奉行、上迫どのの傷、確かめてようございますか」

藤之助の断わりに井上が首肯《しゅこう》し、藤之助は亡骸の傍らに膝《ひざ》を突いて合掌《がっしょう》した。

上迫ら三人の同心の傷は、いずれも首元を一突きされたのが致命傷になっていた。

「おそらく同一人物が上迫ら三人を殺害したものと思われます」

亡骸をはさんで反対側に一人の与力が片膝突いて、藤之助に説明した。頷《うなず》く藤之助に、

「それがし、吟味《ぎんみ》方《かた》与力堂本早次郎《どうもとそうじろう》と申す。座光寺先生、以後入魂《じっこん》のお付き合いを願います」

と名乗った。

年の頃は三十を一、二歳過ぎたころか、精悍《せいかん》な顔をしていた。

藤之助は堂本に会釈を返し、

「こちらこそよろしく願います」

「座光寺藤之助様の盛名、この下田においてもどれほど聞かされたことか。過日、立ち寄った観光丸に同乗なされていたと聞いて、お目にかかれなかったのがなんとも残念に思っておりました」

「それがしの名を知るお方が下田におられるとは」

「観光丸にはそれがしの知り合いが同乗しておりましてな」

「どなたにございますな」

「大目付宗門御改与力《おおめつけしゆうもんおあらため》町村欣吾《まちむらきんご》どのとは剣の同門にございましてな。江戸でお会いになることがございますか」

大目付大久保純友《おおくぼすみとも》を殺した下手人として執拗《しつよう》に追い回す大久保の部下の町村欣吾を伊那谷近くの秋葉街道で斃《たお》したのは藤之助だ。

「浦賀にてわれらより一足先に下船なされた後、品川《しながわ》沖に出迎えに見えられたのがお目に掛った最後にござる」

思案するように沈黙した堂本が不意に頷き、藤之助は上迫ら同心の亡骸に今一度合掌すると立ち上がった。

その後、井上信濃守清直と陣内嘉右衛門の会談が御用部屋で行われ、それが終わるのを藤之助は吟味場で待った。上迫らの亡骸は同僚の手で清められ、棺桶《かんおけ》に納められた。便船で江戸に移送されるという。

会談を終えた陣内と藤之助が下田奉行所を出たのは、四つ半（午後十一時）を大きく回っていた。

二人はひたひたと稲生沢川を河口へと向かって歩いた。左手に寝姿山《ねすがたやま》が聳《そび》えて、月光に青く浮かんでいた。

「江戸に戻られたもう一人の奉行、中村時万どのが明後日下田に戻ってこられるそうな。日米双方、最後の綱引きとなればよいがのう」

陣内嘉右衛門が洩《も》らした。

そのとき、藤之助は前後を何者かに囲まれたことを察していた。だが、足取りが変わることはなかった。

提灯の明かりで嘉右衛門の前を照らしながら、淡々と歩を進めた。

前後の間合いが縮まった。

「うーむ」

嘉右衛門が訝《いぶか》しげな声を洩らした。

「陣内様、明かりを持っては下さりませぬか」

藤之助は明かりを嘉右衛門に渡した。

「そなたがいくところ剣戟《けんげき》の音絶えぬのう。忙しいことよ」

「それがしが狙《ねら》いとはかぎりますまい」

「ほう、そうかのう」

ばたばたと草履《ぞうり》の音が響いて、ぶっ裂き羽織と野袴《のばかま》を着た面々が前後から藤之助らに迫ってきた。

藤之助は稲生沢川に視線を向けて随伴《ずいはん》してくる筈の小舟の位置を確かめ、陣内嘉右衛門を庇《かば》って前に出た。

二人の背は稲生沢川だ。

「老中首座堀田正睦が年寄目付陣内嘉右衛門に天誅《てんちゅう》を加えん!」

と頭分《かしらぶん》と思える武士が叫んだ。

「水戸訛《なま》りか」

と嘉右衛門が相手の身許を探るように呟き、相手に告げた。

「人ひとり殺したとて情勢は変わらぬぞ」

「変えてみせる」

「愚か者めが」

嘉右衛門の叱声に応ずるように六人が抜刀した。

稲生沢川の土手下で物音がした。小舟の舳先《へさき》が土手にぶつかった音だ。

「陣内様、土手を下りて舟にお乗り下され」

「なにっ、舟を随伴させておったか」

「このようなご時世にございます。なにがあってもいいように安乗楼をわれらが出るときから従わせておりました」

「ならば、そなたにこの場は任せて年寄は舟に避難しようか」

嘉右衛門の持つ明かりが藤之助の背で揺れて、地面の影も揺れた。土手下に下りていこうという嘉右衛門の動きを阻止しようと、

「おのれ、逃がさぬ」

とばかり藤之助の左右から二人が嘉右衛門を追おうとした。

藤之助は迷いなく右手に飛ぶと、藤源次助真を相手の胴に抜き打って転がした。さらに元いた場所に飛び戻りながら、左手を抜けて嘉右衛門へと迫ろうとした、もう一人の刺客を見た。

嘉右衛門と刺客の間に古舘光忠が割って入り、すでに刀を翳《かざ》して嘉右衛門の乗舟を助けていた。さらに小舟の竿《さお》を田神助太郎が握り、内村猪《うちむらい》ノ助《すけ》が陣内に手を差し出している。

「陣内様を頼んだぞ」

光忠らに命ずると、藤之助は当面の敵の四人に対面した。

「お相手致す」

改めて藤之助が宣告した。

「異人と諮《はか》り、日本を売り渡す者ども、刀の錆《さび》にしてくれん」

頭分が藤之助に向かって踏み込みながら、正眼の剣の切っ先を真っ直ぐに伸ばしてきた。落ち着き払った挙動からなかなかの腕前が窺《うかが》えた。

藤之助は、ふと上迫ら同心を殺害したのはこの面々ではないかと思った。

相手の突きが鋭く迫ってきて、藤之助は払った。だが、相手はそれに動ずる風もなく藤之助の胴へと変化させた。

二合三合と互いの顔を見ながら二人は攻防を繰り返し、最後には鍔《つばぜ》迫り合いになった。藤之助が誘い込んだのだ。

顔と顔が一尺の間合いで睨《にら》み合った。

「そなたらじゃな。昨夜、玉泉寺の番人上迫同心らを殺害したのは」

「なにっ」

頭分が藤之助を凄まじい形相《ぎょうそう》で睨んだ。

「おぬしか、異人の寺でわれらの同志を斬り捨てた男は」

「いかにも座光寺藤之助である」

「おのれ」

「名を名乗らぬか」

「水戸国政刷新団磯辺《いそべ》弁之助《べんのすけ》」

と名乗った男が藤之助の助真を跳ね返しておいて飛び下がった。

「上迫どのらは幕府の命に従い、玉泉寺の警護に就いたのだ。なんの罪咎《つみとが》がある」

「異人を守る者は国を売る者の走狗《いぬ》ぞ」

「愚か者が、許せぬ」

藤之助の助真が夜空を突いて立てられた。

「流れを呑《の》め、山を圧せよ」

信濃一傳流の構えに藤之助の五体が一回りも二回りも大きくなった。だが、その後、助真は峰に返された。

「嘗《な》めた真似をしおって」

磯辺の顔が紅潮し、再び迅速《じんそく》の突きを見舞ってきた。

阿修羅《あしゅら》の形相の藤之助も磯辺に向かって踏み込んでいた。

突きと上段からの振り下ろし。峰に返された助真が一瞬早く相手の左の肩口を砕いてその場に押し潰していた。

ぎええっ!

絶叫が稲生沢川に響いた。

藤之助の動きは止《とど》まるところを知らなかった。正面を叩き、右に飛び、さらに左に移動してと、一陣の旋風が稲生沢川の土手道に吹き荒れた。そして、藤之助が元の場所に戻ったとき、土手道に立っている者はだれ一人としていなかった。

藤之助が土手下を振り返ると、陣内が小舟の胴の間に座して、古舘の足元には嘉右衛門を追った刺客の一人が崩れ落ちていた。

一刻後、藤之助は再び下田奉行所の門を出た。すると船着場に古舘光忠ら三人が小舟で待っていた。

「陣内様は安乗楼にお送り致しましてございます」

「ご苦労であった」

藤之助は船着場に下りると小舟に乗った。すると背から声がした。

「お手柄にございました。さすがに長崎を騒がせた座光寺様、やることが手早い」

振り返るまでもなく吟味方与力の堂本早次郎だ。振り向いた藤之助は会釈を送った。

藤之助は田神助太郎が船頭を務める小舟を下田奉行所まで急行させ、役人を戦いの場に呼んだ。即座に駆け付けた堂本らは藤之助が峰打ちで倒した相手を御用船に乗せて奉行所へと連行した。

藤之助は事情を説明するために再び奉行所に戻ったが、古舘らに命じて陣内は先に安乗楼に送るように指示していた。

船着場を小舟が離れた。

「座光寺様の迅速なお働きで上迫ら三人の仇《あだ》が討てました。この通りにござる」

小舟に向かって堂本が腰を折って頭を下げた。

「あの者たちが勝手にわれらの前に飛び込んできただけのことにござる。堂本どの、礼など却《かえ》って恐縮」

小舟は上げ潮の稲生沢川を河口に向かってゆっくりと下っていった。

「藤之助様、太平の眠りを覚まされたわれら、どちらに向かえば宜《よろ》しいのでございましょうか」

「光忠、われらが自らの意思で行動する時までにはいささかの時間があろう。その時まで考え抜くことだ。われら、座光寺一族の一人ひとりがな」

「はい」

光忠の顔に自信めいたものが漂っていた。

「斬合うてみて得たことがありそうじゃな」

「私には分かりませぬ」

「頭では分からんでも光忠の五体に刻みつけられておるわ」

小舟は稲生沢川から下田湾に出て、安乗楼が建つ断崖下の岩場に向かおうとしていた。

その時、藤之助は下田湾口に見覚えのある船影が停泊しているのを見た。長崎会所《かいしょ》が自ら建造した新造帆船と同じ船影だ。第一号船のヨイヤ号は二百石ほどだったが、藤之助が見る船影はヨイヤ号の三倍ほどの大きさがありそうだ。

「なんと長崎から下田まで出張《でば》ってこられたか」

藤之助が呟いたとき、ばたばたと懐かしい音が後ろから響いてきた。振り返るまでもなく高島《たかしま》玲奈の愛艇のレイナ号だ。

いきなり小舟に並走してきた小帆艇《しょうはんてい》の船尾に白い洋装《ドレス》の玲奈がいた。

藤之助が小舟からレイナ号に飛び移り、縮帆《しゅくはん》作業を行った。そのせいでレイナ号の船足が急に衰えた。

「玲奈、ようこそ豆州下田湊へ参られたな」

「藤之助、会いたかったわ」

舵棒《かじ》を離した玲奈が甲板に飛び上がると藤之助の胸に飛び込み、いつもの挨拶《あいさつ》、藤之助の体を帆柱に押し付けて唇を奪った。

二人にとっておよそ二月《ふたつき》半ぶりの再会であった。

古舘光忠らはなにが起こったか、理解も出来ずただ呆然《ぼうぜん》と洋装の女の大胆な行動を眺《なが》めていた。

第五章　下田湊《しもだみなと》の争乱

一

緊迫した下田《しもだ》に梅雨《つゆ》の季節がやってきた。

じとじとと降る雨が何日も続き、湊《みなと》に停泊する内外の蒸気船や帆船に乗り組む人々を憂鬱《ゆううつ》にさせた。

下田奉行所では下田奉行の一人中村時万《なかむらときかず》が江戸から戻り、日米の修補条約の最後の詰めの作業が行われていた。

下田に久方ぶりの日差しが戻ってきた。そして、この日、日米双方は会談をせずに互いが修補条約の最後の点検をなすことになった。

藤之助《とうのすけ》ら主従は、長崎会所《かいしょ》の新造第二号帆船クンチ号とレイナ号に分乗して石廊崎《いろうざき》に海遊びに出た。

このところ、藤之助は下田奉行所に詰めて条約締結の行方《ゆくえ》を見守りつつ、不測の事態が起こらぬように備えていた。

だが、会談が中断したこの日、警護の役人にも休みが許されて、藤之助の体も空いた。

そこで玲奈《れいな》が提案して文乃《あやの》や古舘《ふるたち》ら若い家臣三人を誘い、長崎からきた二隻の帆船で石廊崎へと帆走に出たのだ。

文乃や古舘、田神《たがみ》、内村《うちむら》の四人は、クンチ号に乗船していた。

クンチ号は新しい交易に備えて長崎会所自らが新造した中型帆船だ。

和船の利便性を残しつつ、外洋航海ができるように船体には竜骨を入れて強度を保ち、外国船と同じく甲板が張られて水密性の向上が図られていた。

また推進力の帆は、主帆、中帆、補助帆と風を巧みにつかむように複数帆の工夫がなされ、船尾に固定された舵《かじ》によって一段と操縦性が上がっていた。

クンチ号の全長はおよそ六十二尺（約十九メートル）、和船の石高に直せば、六、七百石の大きさだ。だが、和船に比べて重心が低く、船幅がせまいせいでかなりの船足が出た。

西洋式の造船術で建造されたクンチ号は長崎から一気に下田湊まで帆走してくる能力を此度《こたび》の航海でみせていた。

船尾の高櫓《たかやぐら》には主船頭、助船頭、舵方らがいて、その傍らに長崎会所の江戸《えど》町惣町乙名《まちそうまちおとな》の椚田太郎次《くぬぎだたろうじ》が屹立《きつりつ》していた。このほかに八人の水夫《かこ》が乗り組んでいた。

文乃は石廊崎沖を快走するレイナ号を見ていた。小さな帆艇《はんてい》は時折船体を大きく傾けて巧みに方向を転じ、クンチ号の前に出たり、反転したりしてみせた。その度《たび》に船腹が水面に姿を見せて、帆柱が海面に触れるかと思われた。だが、次の瞬間には、

くるり

と優美な船体が返って帆が風に鳴った。

乗船するのは高島《たかしま》玲奈と藤之助だ。

二人は見事な連携作業で帆の角度を調整しては微妙な風を拾って孕《はら》ませ、舵を操作して石廊崎の高波を切り裂いて水すましのように動き回った。

文乃は思い浮かべていた。

あの明け方、安乗楼《あんじょうろう》の下の岩場に呼ばれていくと、そこに白い洋装《ドレス》の女がいて藤之助と談笑していた。

その瞬間、

（この方が玲奈様だ、藤之助様のお嫁様だわ）

と直感した。

玲奈がふいに文乃に視線をくれた。ぬけるように白く透明な膚《はだ》の顔に笑みがこぼれて、

「文乃さん」

と呼びかけた。

「高島玲奈様にございますね。長崎からあれこれとお心遣《こころづか》いありがとうございました」

文乃は藤之助に託された座光寺家への贈り物の大半が玲奈の揃《そろ》えたものだと、藤之助が玲奈の存在を洩《も》らしたとき、分かった。

「気に入ってくれたらうれしいけど」

玲奈は、文乃が知る女の中でも一番活発で自信に満ち、行動力に溢《あふ》れた女だった。それでいながら藤之助にみせる細やかな気遣いと表情は、玲奈が心底藤之助を信頼していることを示していた。

玲奈の大胆な行動に、新しい時代を生きる女性像を文乃は見せられていた。

（玲奈様ならば藤之助様と似合いの夫婦になる）

文乃は出会った瞬間からそう感じとっていた。

「文乃さん、玲奈様はなんとも途方もないお方じゃやな」

小帆艇が快走する様子に田神助太郎《すけたろう》が嘆声を洩らした。

「随伴《ずいはん》のクンチ号があるとはいえ、肥前《ひぜん》長崎からあの小さな帆船を独り操り、豆州下《ずしゅう》田まで航海されて来られたとは、われら、伊那《いな》の人間にはとうてい考えられない大胆さじゃやな」

古舘光忠《みつただ》が田神の感嘆に応じた。

「なんとも藤之助様と玲奈様は息がぴたりと合ったお二人じゃやな。最初に出会うた瞬間、お二人が抱き合われたのをみて、おれは腰を抜かしたぞ。長崎の女とはあれほど大胆なものか」

クンチ号の傍らを駆け抜けるレイナ号に目を預けた内村猪《い》ノ助《すけ》も驚きを隠しきれないでいた。

「藤之助様のあれほど安心しきった顔を見たことがない。光忠どの、お二人はどういう交わりじゃろうか」

「猪ノ助、見てのとおりの関わりよ。その先の推測はそなたの胸の中にしまっておけ」

「江戸におられるお方様や陣屋《じんや》家老の片桐《かたぎり》様に申し上げることもないということですか」

　と内村が光忠に問うた。

「必要とあらば藤之助様ご自身が話されよう。われらはただ見守るだけだ。そう思わぬか、文乃さん」

　光忠が文乃に考えを求めた。

「藤之助様は何事も隠しだてなさらず、私どもにありのままを見せておられるわ。私たちを信頼しているからこその態度だと思うの。そのことをどう捉《とら》えるか、文乃の、古舘様の、内村様の、田神様のそれぞれの事柄だわ」

　四人の視線の中でゆっくりとレイナ号が反転して石廊崎から蓑掛島《みのかけじま》の方角に戻るのが見えた。クンチ号も方向を転じるとレイナ号を追った。

「皆さん方の戸惑いにくさ、同情ば申し上げます」

　椚田太郎次が文乃らに話しかけてきた。江戸町惣町乙名は、長崎会所の意向を託されてクンチ号の下田行の総頭取として乗り組んでいた。

「高島玲奈様と座光寺《ざこうじ》藤之助様の組み合わせはくさ、天がわっしどもに下し置かれた贈り物と思うちょります。あん二人は新しい時代の先頭に立って道を切り開いていかれる二人にございます。女じゃからとか、若いからとか言うて二人の才をくさ、年寄りが潰《つぶ》しちゃならんと思うちょります」

「はい」

文乃の気持ちを代弁した太郎次の言葉に、文乃のみならず光忠らも頷《うなず》いていた。

「椚田様、われらは黙って藤之助様と玲奈様に従えばよいのですね」

「古舘様、長崎はこれまで幕府から許された独占的な交易権を失おうとしております。ばってん、先行きの分からぬ時代の水先案内人ば、持っちょります。なんの心配もなか」

「水先案内人とは玲奈様と藤之助様のことですね」

「文乃さん、あんお二人はこん日本だけじゃなか、異国に出ても出色の才を示される人間ばい。われら、長崎会所はくさ、あん二人に長崎の未来を賭けちょります」

古舘光忠が知る本宮《ほんぐう》藤之助はこの二年に満たない歳月に大きく変貌《へんぼう》した。

光忠は藤之助が変化した長崎での活動の日々を今、太郎次の言葉に教えられていると思った。

「椚田様、もはや藤之助様は座光寺一族の長《おさ》だけではないのですか」

「直参《じきさん》旗本のみならず大名方もくさ、一族一家のことだけを考えてお家大事と忠義を尽くす時代は、この数年うちに消えまっしょ。座光寺ご一族もきたるべき時代にどう生き抜くか、しっかりした考えと行動力を備えねばなりまっせんたい」

と太郎次は光忠の問いに婉曲《えんきょく》に答えていた。

「椚田様は、藤之助様に従えば間違いないと申されますか」

さらに助太郎が聞いた。

「いえ、わしはそげんえらそうなことは言いきりまっせん。藤之助様がくさ、伊那から お若いそなた様方を下田まで従えてこられた背景にはくさ、なんでん自分の手で触れ、目で見て、こん頭ん中でくさ、判断しろちゅうこってはなかでっしょうかな」

太郎次が最後に髷《まげ》の載った頭を拳《こぶし》でこつこつと叩《たた》いた。

「わが手で触れてわが目で見てわが頭で考えよ、か」

古舘光忠が自らを得心させるように呟《つぶや》いた。

レイナ号がゆっくりとクンチ号の左舷《さげん》方向に消えていこうとしていた。クンチ号も方向を転じて弓《ゆみ》ヶ浜《はま》に入っていった。

手石《ていし》の湊《みなと》沖に停泊したクンチ号の船腹にレイナ号が横付けになり、玲奈に続いて藤之助が縄梯子《なわばしご》を上がって姿を見せると、玲奈が舷側《げんそく》を、

ひらり
と越えて甲板に飛びおりた。体に巻きつくような衣装の裾《すそ》がふわりと広がり、文乃は芳《かぐわ》しい香りを嗅《か》いだ。最初、玲奈と出会ったときから漂う芳香だった。

なんともわくわくするほど大胆で優美で、その一挙一動に魅了された文乃であった。

「よい香りだこと」

文乃が思わず呟いた。

「文乃さん、船に乗っていると何日も何日も風呂を使うこともできないでしょ。だから、汗の嫌な臭《にお》いを消すために香水を体に振りかけておくの、匂い袋のようなものね」

文乃が思わずくんくんと自分の体を嗅いだ。その様子に笑った玲奈が、

「文乃さんの肌にあった香水を探してみるわ」

「そんなつもりではございません」

と遠慮する文乃に、

「文乃、玲奈が一旦《いったん》口に出したことは断るのは無駄なことよ。素直に好意は頂戴《ちょうだい》しておけ」

と言った藤之助が今度はくんくんと鼻孔を膨らませて、辺りの匂いを嗅いだ。甲板に長崎の料理が運ばれてきて、夏の光の下で宴《うたげ》が始まろうとしていた。

「文乃、太郎次どのがそなたらに、長崎の名物を馳走してくれるそうな」

「ライスケン号の料理とは違いますか」

文乃は船に馴《な》れぬこともあってライスケン号の食事はほとんど口にしなかった。

「文乃、まずは自分の舌で確かめてみよ」

玲奈はぎやまんの器《グラス》を文乃らに配ると赤葡萄酒《チンタ》を注いでくれた。

「私の父の国イスパニアでは食事の前に甘い葡萄酒を嗜《たしな》むそうよ、試してご覧なさい」

と勧めた。

強い日差しを浴びたグラスの南蛮酒は重くたゆたっていた。

文乃は恐る恐る口をつけてにっこりと笑った。

「どうだ、文乃」

「こんな美味《おい》しいお酒、頂いたことがございません」

甲板に脚付きの大きな卓《テーブル》が並べられ、料理が運ばれてきた。

干し鱈《だら》に昆布、寒干し大根、茸《きのこ》、焼き豆腐を加えた煮しめ、干し若布《わかめ》の膾《なます》には刻んだ茗荷《みようが》が添えられていた。さらには蓮《はす》の葉っぱに包まれた粽《ちまき》、唐粽だ。南蛮から伝わったテンプーラもあった。

「藤之助、あなたには甘いマラガ酒よりこちらの赤《チンタ》が口に合うわね」

と長崎から積んできた赤葡萄酒の栓を抜いて供した。

文乃は甲板に集まる大勢の乗組員の間を優美に歩きながら、一人ひとりに声をかけ、自ら酒の酌をし、料理を勧める玲奈の気遣いに驚かされた。その動作はごく自然で流れるようであった。

「椚田様、異国では女も玲奈様のように堂々と振舞われるのでしょうか」

「文乃さん、異国の女も様々《さまざま》ですばい。異人はくさ、感心なことに女子《おなご》をまず立てます。そげん習わしのせいか、こげん席ではなんもせん女もおりますもん。ばってん、高島玲奈様は違います。異人じゃろうが長崎者《もん》じゃろうが、気ば遣いなさってくさ、よう努めなされますもん」

「玲奈様は長崎の女の人の中でも格別と申されますか」

「格別やろな、長崎じゅうば、いいや、南蛮じゅうば金《きん》の草鞋履《わらじは》いて探して歩いてんくさ、まず玲奈様のような女子を見つけるのは無理やろな。文乃さん、長崎に来られたらすぐに分かります。高島家は長崎町年寄の一家にございましてな、そん財力は西国大名のだれよりも豊かにございますもん。そげん家のお姫様がくさ、馬にも乗れば、帆艇も操れば、リボルバーちゅう鉄砲でんくさ、撃ちなさるもの。長崎の男も敵《かな》いまっせんもん」

「長崎の男衆も玲奈様には敵いませぬか」

と古舘光忠が赤葡萄酒に顔を赤く染めながら話に加わってきた。

「向かうところ敵なしの玲奈様がたい、惚《ほ》れなさった男がたい、ただ一人、座光寺藤之助様たい」

「玲奈様が藤之助様をお好きなのですか」

「藤之助様も玲奈様を大事に思われておられますもん。こん二人の間にだれも割って入ることは敵いませんもん」

太郎次が言い切った。

「文乃、どうだ、干し鱈の煮しめを賞味せぬか」

と藤之助が皿に煮しめや唐粽を盛って文乃に差し出した。

「主《あるじ》様に長崎名物を勧めて頂くなんて罰《ばち》があたりそうです」

「長崎の阿蘭陀《オランダ》人を真似ておるだけよ」

と笑う藤之助から文乃が唐粽を受取り、蓮の葉を剝《は》いだ。するとなんともいい匂いが辺りに漂った。

「干し鱈の煮しめに唐粽は長崎じゃあくさ、端午《たんご》の節句の食物ですもん。そん粽にはくさ、もち米に鶏肉やら筍《たけのこ》やら混ぜてくさ、蓮の葉に包んで蒸しますもん。そんせいで粽にうっすらと蓮の葉の香りが染みてくさ、なんとも美味しゅうございますたい。文乃さん、食べてみらんね」

太郎次の口上に文乃が一口食してにっこりと笑った。

「これは美味にございます。古舘様、食べてご覧なさいまし」

古舘らが卓の上の料理を取りにいったとき、文乃が藤之助に囁《ささや》いた。

「玲奈様と藤之助様はお似合いにございます」

「似合いではのうて、うるさい二人だと太郎次どのが申されなかったか」

「座光寺様、そげんこつはこん太郎次、努々《ゆめゆめ》考えてもおりまっせんたい。ただな、座光寺様がおらんごとなった長崎は火が消えたようで寂しゅうございますもん。座光寺様、長崎にお戻りにはならんですな」

「先のことは分からぬ。じゃが、それがし、長崎海軍伝習所の剣術教授方を外されて、老中首座堀田正睦《ほったまさよし》様付ながら江戸の講武所《こうぶしょ》軍艦操練訓練所の剣術教授方と異人応接掛《がかり》を兼ねた職を命ぜられた。当分、長崎には戻れそうにない」

「異人応接掛とは藤之助、どんな御用なの」

　玲奈が会話に加わった。

「差し当ってこの下田での御用は、此度の下田協約がなんの阻害もなく締結されるよう見張る役目じゃそうな」

「藤之助には役不足だわ」

「玲奈、それがしになにをせよと申すか」

「長崎に戻ってらっしゃい」

「香港《ホンコン》に小判を運び、小判をドルに交換する仕事などご免蒙《めんこうむ》りたいものよ」

「藤之助、金銀相場で利益を出す仕事なんて手代、番頭の仕事よ。座光寺藤之助にはふさわしき勤めが待っているわ」

　頷いた藤之助は、

「じゃがその前にやるべきご奉公がある」

「直参旗本の継裃《つぎがみしも》の暮らしから抜け出られないの」

「徳川様へのご奉公ありて生き延びてきた座光寺一族よ、徳川の行く末を見届けるのは旗本として禄《ろく》を食《は》んだ者の勤めじゃからな」

「そんな考えはさらりと捨てなさい」

玲奈が藤之助の唇をさっと奪った。

「玲奈様のお言葉でも簡単に乗り換えるわけにはいくまいな」

玲奈のしなやかな体を抱きとめながら藤之助が答えたものだ。

この日、クンチ号の甲板上で藤之助らは半日のんびりとした宴の時間を持った。なんとも楽しい半日だった。

弓ヶ浜に咲く夏菊の黄色に夕暮れの光があたる頃合い、下田湊の方角から、
どんどんどーん
と空砲の音が響いてきた。

「何事か、出来《しゅったい》しましたやろか」

太郎次が下田湊の方角を見た。

「太郎次どの、どうやらタウンゼント・ハリス総領事《そうりょうじ》と下田奉行の間で修補条約がなったようですね」

「本日はくさ、会談は休みと違いますな」

「膠着《こうちゃく》した会談に一息入れるために陣内嘉《じんないか》右衛《え》門《もん》様が双方に話しかけて、間合いを取られたのはご承知のとおりです。じゃが、互いに通詞《つうじ》を立てて内々の交渉は続けられておると聞いております。幕府か、亜米利加《アメリカ》のどちらかが譲歩したということではな

いでしょうか。寝姿山《ねすがたやま》の大砲が空砲を撃って条約合意を下田じゅうに知らせておるのでござろう」

「明日にも調印が行われますかな」

太郎次の問いに頷く藤之助に玲奈が、

「藤之助、付き合って」

とレイナ号で下田湊に先行することを告げた。

二

手石湊沖を出たレイナ号は盥岬《たらいみさき》を回り、黄金色の残照に染められた伊豆沖を一気に下田湊へと突っ走っていった。帆が風を孕んでばたばたと鳴り、舳先《へさき》が波を切って飛沫《しぶき》が甲板で帆の操作をする藤之助の体にかかった。

「藤之助、船室からライフルを取り出しておいて」

舵を握る玲奈が命じた。

藤之助は船尾に移動すると、荒天航行用の船尾を覆う帆布の下に潜り込み、船室に入り込んだ。

長崎からの航海中、玲奈が寝泊まりしてきた船室の隠し棚を開けるとスペンサー・ライフル銃と初めて藤之助が見る二連散弾銃が格納されていた。

英吉利《イギリス》製のランカスター散弾銃だ。藤之助は帆布の覆いを透かす夕暮れの光の中で初めて見る散弾銃の操作を確かめ、二挺《ちょう》の銃にそれぞれ実弾を装塡《そうてん》した。

「玲奈、できることなれば銃は使いたくない」

藤之助は帆布の覆いから顔を覗《のぞ》かせて玲奈に話しかけた。

「藤之助、ご心配なく、争いに加担する気はさらさらないの。長崎会所はすでに開港後に向って走り出しているわ、そのために私たちが下田まで遠出してきたのよ」

玲奈は下田での日米の修補条約の締結を確かめるための下田遠征だと言っていた。

頷いた藤之助は玲奈の足元に二挺の銃をおいた。

藤之助が帆布の覆いの下から上体を出すと玲奈が、

「ここに座って」

といつもの定位置に座ることを望んだ。そこは舵棒を挟んだ船尾席だ。

藤之助が定位置に腰を下ろすと、レイナ号は入田浜《いりたはま》から多々戸浜《たたどはま》沖を赤根島《あかねじま》に向かって快走していた。

「藤之助」

と名を呼んだ玲奈の唇が藤之助の唇を塞《ふさ》いだ。

二人だけの欲望の時間に我を忘れ、短くも耽溺《たんでき》した。

「玲奈、クンチ号とレイナ号をわざわざ豆州下田まで遠出させてきた長崎会所の真意はどこにある。それがしに下田協約の締結を見届けにきたなどという虚偽は通ぜぬ」

「ふっふっふ」

玲奈が悪戯《いたずら》っぽく笑った。

「藤之助を騙《だま》す気など最初からなかったわ」

「クンチ号の喫水がかなり上がっておる。航海苦労したであろうな」

「藤之助にちょっと言い難かったの」

「言い難いこととはなんだ」

「武器商人の真似《まね》ごとをしなければならないからよ」

「どういうことか」

「クンチ号の船倉にはミニエー・ライフル銃が二千五百挺と大量の実弾や火薬が積み込まれているの。ミニエーは前装単発銃で最新式ではないけれど、射程距離六百尺で命中率およそ八割、九百尺で五割の有効射程を持っているわ。歩兵銃としてなかなかの代物よ」

ミニエー大尉が考案した銃は、弾丸を火薬ガスの力で膨張させて銃身内の溝にぴったりと嵌まらせる仕掛けで、画期的なものであり命中精度に優れていた。

この銃を長崎の高島家射撃場で操作した藤之助はそのことを承知していた。

「ミニエー銃を東国の大名家に売るつもりか」

「島津《しまづ》様、鍋島《なべしま》様、細川《ほそかわ》様と西国大名は直《じか》に密貿易して武器商人と取引きしているわね、戦《いくさ》に備えてそれなりの銃を買い込んでいる」

「いかにも」

「西国筋にはさすがに長崎会所も声がかけられない。すでに出入りの武器商人が決まっているもの」

「いかにもさようであろうな」

「さる中国筋の大名家から長崎会所に密かに銃の注文があったのは一年も前のことよ。会所は注文の数を揃えたの、ところが銃器の代金の都合がつかないのか、契約の日限を過ぎてもなしのつぶて、会所としても背に腹は替えられず、余所《よそ》に回すことにしたの。この機会を逃せば、ミニエー銃の売値が下がるかもしれないもの。銃は前装単発から急速に後装連発へと進化しているでしょう」

「ミニエー銃を売るあてはあるのか」

「下田協定の締結を確かめたら、クンチ号は東国へ出立《しゅったつ》するわ。間違いなく下田での日米の修補条約締結の報に東国大名は浮足立つ」

「幕府は各大名方に海防策を命じておるからのう。ミニエー銃はそれなりの高値で売れようぞ」

「ということ」

レイナ号は赤根島をすでに回り、犬走島《いぬばしりじま》の沖合を下田湊に向かって抜けようとした。するとライスケン号が柿崎《かきさき》沖に停泊していて、そのライスケン号に三、四百石の帆船と無数の小舟が取り巻いていた。

玲奈が双眼鏡を取り出して対決の場を見ていたが、藤之助に渡した。

藤之助はまず帆船を見た。

鉢巻《はちまき》に襷掛《たすきが》けの斬込隊を乗せて、帆船から手鉤《てかぎ》を縄の先に付けたものをライスケン号に投げて乗船する気でいた。

条約に反対する溜間詰《たまりのまづめ》派の面々が玉泉寺《ぎょくせんじ》を攻撃してハリス総領事に襲撃を加えようとし、それを知った東インド会社ライスケン号が止めに入っているのだろう。だが、斬込隊の面々に亜米利加と阿蘭陀の立場の違いがわかっている者が果たして何人いるか。

ライスケン号の甲板には陸戦隊が銃剣を装着した銃を持ち、すでに砲撃準備も整っていた。むろん威圧のためでライスケン号も戦いに入ることを望んではいなかった。

一触即発の空気に下田奉行所から御用船が押し出してきたが、溜間詰派の斬込隊の小舟に行く手を阻まれて、近付くことすら出来なかった。

「なにか考えがある、藤之助」

「レイナ号を帆船や小舟とライスケン号の間の海上に割り込ませよ」

頷いた玲奈が舳先に向かおうとする藤之助の脇の下に触れた。

「このようなご時世だ、携帯しておる」

藤之助は玲奈の手をもう一方の脇の下に移して触らせた。

「なんとまあ、二挺のリボルバーを体に付けているの」

藤之助の手が今度は玲奈の腿《もも》に置かれた。すると小型のリボルバーが内腿に装着されているのが分かった。

「藤之助、生きるも死ぬもあなたと一緒よ」

「玲奈らしくもないぞ。われらが死に場所は下田などではないわ」

藤之助は玲奈の唇を指で触れると甲板に飛び上がり、藤源次《とうげんじ》助真《すけざね》を手に舳先に向かった。すでにレイナ号は下田湾の柿崎沖一丁へと迫っていた。

藤之助は舳先に屹立《きつりつ》すると藤源次助真を両足の間に立て、柄頭《つかがしら》を両手で押さえた姿勢で対峙《たいじ》する両軍を睨《にら》んだ。

ライスケン号船橋《ブリッジ》にはリー艦長とバッテン卿が立っていた。その表情にはなんとしても亜米利加総領事タウンゼント・ハリスを守り抜く決意が遠目にも窺《うかが》えた。

日米和親条約の修補協定が万一、ハリス暗殺などの事態で中断するようなことがあれば、列強各国が、少なくとも亜米利加の東インド艦隊の砲艦が江戸湾奥に攻め入り、砲撃をなす口実を与えてしまう。

そうなれば和親条約どころか、阿蘭陀国がある意味では支えてきた徳川幕藩体制は崩壊し、日本は清国の二の舞になり、列強各国の草刈り場になるだろう。

阿蘭陀が一番恐れることだった。

リー艦長とバッテン卿は、孤軍奮闘して修補条約の締結にこぎつけたハリス総領事を守る決意で船橋《ブリッジ》に仁王立ちしていた。それは藤之助の願いでもあった。

帆船の戦場には抜き身の槍や刀を煌《きら》めかせた斬込隊が引き寄せられたライスケン号に飛び込もうと身構えていた。また群がる小舟にも浪士たちが抜き身を下げて、待機していた。

帆船から手鉤が何本もライスケン号に投げられて、その内の二つの手鉤がライスケン号の甲板に落ちて装具に絡まり、ぴーんと張られていた。

帆船とライスケン号の間には十数間の海が広がり、その狭い海に小舟が犇《ひしめ》き合って、何事か叫んでいた。

レイナ号がライスケン号を右に、帆船を左に見ながら突っ込んでいった。そして、急速に船足を落とした。

玲奈が縮帆《しゅくはん》したからだ。

藤之助は藤源次助真を体の前に突き立てたまま、

「溜間詰派の面々に申し上ぐる。早々に船をこの海域より退去せられえ！」

藤之助の声は朗々と響き、帆船の艫櫓《ともろ》から陣笠の武士が立ち上がり、

「何奴《なにやつ》か」

と誰何《すいか》した。

「講武所軍艦操練所付教授方兼異人応接掛《がかり》座光寺藤之助為清《ためすが》である」

「老中首座堀田正睦どのの走狗《いぬ》が何用か」

相手は藤之助のことを承知か、そう叫び返した。

「此度、日米双方が下田協約を締結するのは幕府の意思である。そのほうら、どのよ

うな身分で条約締結の阻害を致すや」

「異人の遣いめが賢《さか》しらの言辞を弄《ろう》するでない！」

艫櫓の武家の手が翻《ひるがえ》るとぴーんと張った手鉤の綱が、

「えっさえっさ」

と掛け声とともに、引かれ始めた。すると帆船がさらにライスケン号に接近していった。

藤之助が助真を素早く腰に差し落とすと、小袖《こそで》の袖に両の手を入れ、それを襟《えり》の前から、
ぱあっ
と抜くと諸肌《もろはだ》脱ぎになった。

両の脇下には革鞘《ホルダー》に入ったホイットニービル・ウォーカー四十四口径とスミス・アンド・ウエッソン社製三十二口径の、二挺のリボルバーが残照に輝き、藤之助が二挺のリボルバーを引き抜くといきなり虚空に張られた綱に向かって発射した。

ずんずんずーん！

鈍い音が日暮れの下田湾に響き渡った。

二本の綱は三発の銃弾で一本が千切《ちぎ》れ、もう一本が残った。

すると藤之助の後方からスペンサー・ライフル銃の連射音が響いて、残された綱も断ち切られた。

玲奈が藤之助を援護した射撃音だった。

藤之助の銃口がくるりと回って帆船の艫櫓に向けられた。

「船を下げねば、撃つ」

この騒ぎの混乱に乗じてレイナ号の正面から下田奉行所の御用船が漕《こ》ぎ寄せられてきた。

御用船に決死の覚悟で立っているのは、下田奉行の井上信濃守清直《いのうえしなののかみきよなお》と老中首座堀田正睦の年寄目付陣内嘉右衛門だ。

「下田奉行、井上清直である。お引きなされ」

艫櫓の武家が、

「われら、命を捨てる覚悟で下田に参った。亜米利加総領事ハリスの首を取らねば引き上げぬ！」

と井上に叫び返した。

「それがし、老中首座堀田正睦が年寄目付陣内嘉右衛門である。その方ら、船を引かねば英吉利軍艦ライスケン号の大砲の砲弾お見舞い申す」

脅《おど》しの声を聞いたバッテン卿がリー艦長にその言葉を通詞し、リー艦長が砲口を帆船に向けて下げた。

「此度の協定は幕府と亜米利加国の平等条約である。それを邪魔するとなれば、砲撃も辞さぬ」

平等条約ではないと、その場にあるものは承知していた。だが、陣内としてはこう叫ばざるを得なかった。

陣内の声に帆船の艫櫓に立つ武家が罵《のの》り声を上げた。

藤之助は革鞘に二挺のリボルバーを戻すと諸肌脱ぎの肩を入れた。

帆船の退却に斬込隊を乗せた小舟も従おうとしたが、その中の一隻が群れを離れて、
すいっ
と藤之助が屹立するレイナ号の舳先に接近してきた。

「座光寺藤之助の首、小野派一刀流水沼宋兵衛《おのはいっとうりゅうみずぬまそうべえ》がもらった！」

抜刀した男がそう名乗るとレイナ号に飛び乗ろうとした。すると水沼の行動に呼応する小舟が何隻もレイナ号に押し寄せてきた。

再び柿崎の沖合に緊張が走った。

藤之助の腰の助真が抜き放たれると、レイナ号に飛び乗ろうとした水沼をいきなり胴切りに斬って落とし、

「信濃一傳流天竜暴れ水《しなのいちでんりゅうてんりゅう》ご披露申す！」

と下田湾に響き渡る声がした。

藤之助の体が虚空に飛んだ。レイナ号上から一隻の小舟に飛び移るや、同乗していた斬込隊の面々を、

あっ

という間もなく小舟から海面へと叩《たた》き落した。さらに二隻目、三隻目に飛び移り、躍りかかった藤之助の早業に太刀打ちできた者は一人としていなかった。

ばたりばたりと斬込隊が小舟に倒れ込み、あるいは海面へと落下していく。

最後に藤之助の体が、

ふわり

とレイナ号の舳先に戻った。

「ブラボー！」

ライスケン号上の陸戦隊が銃剣をがちゃがちゃと鳴らして藤之助の早業を称賛した。その中にケンペル老狐少尉の姿もあった。

海面に落とされた怪我人を拾い上げた帆船と小舟が下田湾外へと姿を消したのは四《し》半刻《はんとき》後のことだ。

ライスケン号は役目を果たして下田湾口に戻った。

藤之助と玲奈は柿崎の船着場にレイナ号を着けると上陸した。

そのとき、玲奈はランカスター二連散弾銃を携帯していた。

山の上の玉泉寺の山門上を必死の形相《ぎょうそう》の下田奉行所の同心らが固めていた。

「ご苦労にございました」

と同心の後ろから声がかかった。

姿を見せたのは吟味方《ぎんみかた》与力の堂本早次郎《どうもとそうじろう》だ。

「長崎から伝わった噂の数々、誇張ではございませんでしたな。幕府にかような快男児がおられたとは」

堂本早次郎の声には称賛と揶揄《やゆ》が半ばしていた。どうやら柿崎の浜からか、藤之助の行動を見ていたと思えた。

「そなた様方の警備の邪魔をいたしましたかな」

「なんのなんの、あのような人数の斬込隊を撃退する力、われらにはございません。最悪の場合、ハリス総領事とヒュースケンの二人をなんとしても下田奉行所に移せとの井上奉行の命にございました。じゃが、あの斬込隊の包囲を掻《か》い潜って御役所《おやくしょ》まで移送する策は考えもつかず、自信もございませんでした」

と堂本は平然とした声音で答えた。

藤之助と玲奈は石段を上がり、石段上に築かれた防御柵が外された間から境内《けいだい》に入り込んだ。すると堂本が玲奈を見て、

「こちらの女性《にょしょう》はどなたにございますかな」

「堂本どの、お引き合わせ致そう。長崎町年寄の高島了悦《りょうえつ》様の孫娘、玲奈どのにござる」

「安政の長崎に名高きものが一つあり、高島玲奈と座光寺藤之助の二人組と、それがしの知り合いが長崎から文をくれましたが、まさか下田の地で最強の二人組にお目にかかることができるとは、光栄の至りにござる」

馬鹿丁寧《ていねい》な口調で言った堂本が玲奈に恭《うやうや》しく頭を下げた。

玲奈はただ素っ気なく会釈で応えただけだった。

そんな二人に本堂前から声がかかった。

銃を下げたヒュースケンが玲奈に阿蘭陀語で呼びかけたのだ。その言葉に応じた玲奈にヒュースケンが走り寄ると、抱擁《ほうよう》をした。

藤之助は長崎で玲奈とヒュースケンがすでに知り合っていたかと考えた。

堂本がその光景を奇異の目で眺《なが》めていた。

「最前の大砲の音は修補条約の締結が合意に達した意味にござろうな」

藤之助が念を押した。

「いかにもさようでございます」

「締結の調印の日取りは」

「五月二十六日にござる」

堂本は明日と言わず調印の日付を述べた。

「座光寺どの」

陣内嘉右衛門の声が玉泉寺の山門からして、

「ご苦労であった。じゃが、締結に反対する輩《やから》の攻撃はあれで終わったわけではない。締結調印まで気を抜いてはならぬ。異国の助勢に頼ることなく、ハリス総領事を守り通さねばならぬ。今晩は徹夜の警護を願う」

と命じた。

山門に下田奉行所の与力同心ら数十名が戦仕度《いくさじたく》で到着し、玉泉寺内外に新たな緊張が高まった。

三

夜になった。

ライスケン号が湾口に退いたせいで再び溜間詰派は態勢を立て直し、柿崎の浜に押し寄せようとした。すかさずライスケン号がそれらの行動を牽制《けんせい》して再び溜間詰派の帆船や小舟の前に艦を移動させると、両者の睨み合いが始まった。

その対決の模様を長崎会所のクンチ号や列強各国の雇船は湾外で静観する構えで見守っていた。

だれもがこの小競り合いを日本国内の騒ぎとして解決すべきと考えていたからだ。東インド会社所属のライスケン号が亜米利加総領事タウンゼント・ハリスを守るために動いたのは偏《ひとえ》に人道的な立場からだ。

ペリー提督が幕府と日米和親条約の締結に成功したのは、砲艦外交が背景にあってのことだ。だが、その修補条約に際して亜米利加は素人外交官タウンゼント・ハリス一人に責任を負わしていた。日本事情をだれよりも承知のバッテン卿とジョン・リー艦長は、溜間詰派の刺客によってハリスが暗殺されてしまう可能性すらあると考え、ライスケン号を両派の間に入れたのだ。とはいえ、バッテン卿も阿蘭陀が一方の派に与《くみ》することになるのを警戒して、第三者の立会人の役に徹しようとしていた。

溜間詰派の実戦部隊、小舟の斬込隊は抱え大筒《おおづつ》を扱う者を乗せ、炮烙火矢《ほうろくひや》を携帯して柿崎の浜を警戒する下田奉行所の御用船の防衛線を突破しようと試みた。

大筒とは火縄銃の口径が大きなものと思えばよい。最大では一貫目玉を発射する大筒は抱えて発射するので抱え大筒と呼ばれた。八丁ほどの射程距離があったが命中率は決してよくなかった。だが、重い鉄玉が当たれば石垣や城門を破ることができた。

溜間詰派が携帯したのはせいぜい三百匁目《もんめ》玉を撃ち出す抱え大筒だ。これを小舟から玉泉寺に向けて発射しようというのだ。だが、波に揺れる小舟上から発射し、かつ命中させようというのは難事だった。不安定な舟上から抱え大筒を発射すると小舟が転覆《てんぷく》したり、撃ち手が発射の反動で海面に吹っ飛ばされたりと大騒ぎになった。

だが、抱え大筒を撃つ度に慣れてきたせいもあって柿崎の浜に着弾するようになった。なにより発射の際の轟音《ごうおん》ともうもうたる白煙は、溜間詰派の士気を鼓舞し、警護にあたる下田奉行所の同心らの戦闘意欲を萎《な》えさせた。

浜に鉄玉が着弾し始めたのを見た藤之助は、玲奈にクンチ号への連絡を願った。

古舘光忠、田神助太郎、内村猪ノ助を援軍として玉泉寺に迎えるための遣いだった。

玲奈は藤之助にスペンサー・ライフル銃を残すとレイナ号に乗り込み、巧みな操舵で溜間詰派の小舟の間を縫って湾口に向かった。

藤之助は上の山の高台から、レイナ号が押し寄せる小舟の間を巧みにすり抜けて湾口に向かうのを見届けた。

溜間詰派の帆船が再び柿崎浜へと姿を見せて、小舟の群れは一斉《いっせい》に浜に上陸する構えを見せた。

それに対して下田奉行所の与力同心の警護隊が火縄銃で応戦して、上陸を阻止しようとした。だが、数の上では断然溜間詰派が優勢で、抱え大筒の威力が防衛線を破り、浜から集落のほうへと少しずつ後退させていった。

「座光寺どの、玉泉寺に一人たりとも入れてはならぬ」

陣内嘉右衛門の顔も険しかった。

「ライスケン号の力を借りますか」

「英吉利や阿蘭陀をこの争いには巻き込みたくないのう」

嘉右衛門はライスケン号が戦闘に加わるのは最後の最後だと藤之助にいった。

「それがしが浜に下ります」

藤之助がスペンサー・ライフルを片手に石段を下りようとすると、肩に手がかかった。

ライフル銃を携帯した通詞のヘンリー・ヒュースケンだ。

「そなたもそれがしに同道すると申されるか」

藤之助の言葉が分かったかどうか、ヒュースケンは玉泉寺の庫裏裏《くり》に藤之助を連れていった。すると馬小屋に二頭の馬がいた。

ヒュースケンが藤之助に鞍《くら》を示した。

「騎馬武者の真似を二人でしようというのか。よかろう」

以心伝心でヒュースケンの意図を理解した藤之助は、馬に鞍を置くと馬小屋から引き出した。

大筒の発射音に別の炸裂音《さくれつおん》が加わった。

浜に上陸した斬込隊が炮烙火矢を爆発させた音だろう。

炮烙火矢は炮烙玉とも呼ばれ、銅製の炮烙を二つ合わせて、その中に火薬や鉛玉や鉄片を詰め、導火線をつけて、和紙を張り、漆《うるし》を塗って仕上げたものだ。

導火線に火をつけて敵方に投げ入れて爆発させるもので、手榴弾《しゅりゅうだん》の前身と思えばよい飛び道具だ。人力で投げるので射程距離は短いが、敵方の陣地に到達すれば殺傷能力は高かった。

悲鳴が上がり、下田奉行所の防衛線が破られた気配が藤之助のところにも伝わってきた。

爆発音に怯《おび》える馬の首筋を軽く叩いた藤之助はひらりと鞍の上に跨《またが》った。

ヒュースケンはすでに手綱《たづな》を片手で摑《つか》み、藤之助を見た。

「参ろうか」

藤之助の言葉にアムステルダム生まれの青年が頷くと馬腹を蹴った。

二騎は玉泉寺の裏山から山道伝いに一気に柿崎の集落に駈《か》け下り、浜に突進していった。

浜では上陸した斬込隊を相手に下田奉行所の同心らが必死の応戦を続けていたが、一部では浮き足だって後退を余儀なくさせられていた。

藤之助はヒュースケンと馬首を並べた。

片手に手綱を、もう一方の手にスペンサー・ライフル銃を構えると、

「ハイヨ！」

と馬に気合いを入れた。

二頭の馬が同時に白兵戦の模様を呈してきた波打ち際へと突進していった。

炮烙火矢が飛び、爆発して警護の同心を吹き飛ばす恐ろしい光景がそこでは展開されていた。

藤之助はまず次から次へと押し寄せる斬込隊の群れにスペンサー・ファイフルを撃ちかけて牽制《けんせい》すると、勢いを減じた。

ヒュースケンも巧みな乗馬術を見せた。手綱を口にくわえると両手でライフル銃を操作しながら、次々に引き金を絞っていった。

柿崎の浜に抱え大筒の鉄砲玉が飛び、炮烙火矢が爆発し、ライフル銃の連射音が加わって騒然たる騒ぎになった。

そんな混乱の戦場を二頭の馬が駈け抜け、白兵戦に突入しようという両軍の間を分けた。

この二騎の助勢に勢いづいた同心らは、上陸した斬込隊を再び小舟へと押し戻した。

藤之助とヒュースケンは浜の端で馬首を巡らし、撃ち尽くしたライフルに装弾し直した。

その時、藤之助は背後の殺気を感じてヒュースケンの馬の尻を叩き、

「ハイヨ！」

と叫ぶと馬をその場から逃がした。そうしておいて、もう一方の手のスペンサー・ライフルの銃口を巡らすと殺気に向かっていきなり二発、三発と引き金を引いていた。銃弾にきりきり舞いしながら斃《たお》れるのは白鉢巻に白襷の斬込隊の面々だ。

斬込隊は二十人余の一騎当千の猛者《もさ》たちだった。

藤之助は殺到する決死の覚悟の斬込隊に全弾を撃ち尽くして一時《いっとき》の間をつくると片手で相州鎌倉一文字助真刃渡り二尺六寸五分を抜き打ち、再び勢いを取り戻した面々の中に斬り込んでいった。

片手で保持した助真を右に左に振るって斬りかかる。そこへ事態を察したヒュースケンが馬首を巡らせて戻ってくると、スペンサー・ライフルを撃ちかけて藤之助を援護した。そのせいで決死の斬込隊も半数に数を減らして退却していった。

ヒュースケンが藤之助に向かい、大声で礼を述べた。笑みを浮かべた顔に信頼の情が溢れている。

藤之助は頷き返すと助真を鞘《さや》に戻し、空のライフル銃に装弾した。

ライスケン号とクンチ号が溜間詰派の本丸ともいえる帆船の動きを阻止して立ち塞がっているのを藤之助は見た。さらにレイナ号に古舘ら二人の藤之助の家来が乗って、スペンサー・ライフルを斬込隊に向け、援護の射撃を始めていた。

再び二頭の馬が柿崎の浜を駆け抜け、斬込隊の面々を完全に陸から海へと追い戻した。

警護側に陸と海からの連発銃の援護が加わったことで形勢が逆転した。

斬込隊の小舟がちりぢりに波間に浮かんで、それでも抱え大筒と焙烙火矢で反撃を試みようとした。だが、最前の戦闘に大筒も焙烙火矢も海水に濡れて、着火しなかった。

火力が衰えた小舟は一気に沖へと逃げ散った。

二度目の戦いを制した警護の同心らから凱歌《がいか》の声が上がった。

「怪我をした者を玉泉寺に運べ」

藤之助の命に同心らが負傷者を寺へと運んでいった。

レイナ号が浜に着岸して古舘らを下ろした。

藤之助は実戦を経験した古舘らの顔が険しくも変わっているのを見た。

「光忠、そなたらも怪我人を寺に運ぶ手伝いをせよ」

と命じると、

「玲奈、ライスケン号の医師を玉泉寺に派遣してくれとバッテン卿に交渉してくれぬか。いや、それがしも参ろう」

藤之助は小帆艇を沖へと押し出すと甲板へと飛び乗った。巧みに方向を転じたレイナ号がライスケン号へと帆走を始めた。

藤之助は波間に転落して浮かぶ斬込隊の怪我人の手を掴み、甲板上に引き上げた。救い上げた怪我人は三人に及んだが、怪我のせいもあって戦闘意欲を失っていた。ライスケン号に接近すると、玲奈が英語で医師の派遣を願った。するとすでに待機していた短艇に救護隊が乗り込んで浜に向かった。

短艇の中にバッテン卿と黄武《こうぶ》尊大人《そんたいじん》の姿もあった。

藤之助はそろそろ夏の夜明けがくる水平線を見た。

かすかに光の兆候があって、新しい夜明けがそこまで来ていることを示していた。レイナ号はライスケン号の短艇と並び、再び柿崎の浜へと戻った。玉泉寺の本堂に警護側、溜間詰派の斬込隊の面々など戦闘で傷を負った者たちが何十人も寝かされていた。

ライスケン号の医師らが手際よく負傷者の治療に当たった。

藤之助はタウンゼント・ハリス総領事の部屋に呼ばれた。そこにはハリスの他にヒュースケン通詞、バッテン卿、黄武尊大人、玲奈がいた。

ヒュースケンが何事か英語でハリス総領事に話すとハリスが藤之助に歩み寄り、抱擁すると感激の面持ちで告げた。

「ハリスは、あなたが命を張って総領事館を守ってくれたことに感謝しているのよ」

玲奈が通詞をしてくれた。

「玲奈、ハリスどのに申してくれ。総領事館を守ったのはそれがしだけではないとな。同心ら、多くの人々の力があったればこそだ」

藤之助の言葉が英語に通詞されて、ハリスがさらに藤之助の手を握り大きく振りながら、

「ヒュースケンから聞いたから間違いないと言っているわ。よほど藤之助たちの助勢がうれしかったのね」

「斬込隊の面々もわが同胞だ。ただ、異国事情を知らぬゆえあのような暴挙に加わったのだ。許してほしいと願ってくれぬか」

玲奈の通詞にハリスの顔から興奮が、すうっと引いたように思えた。

「総領事どの、条約締結まで油断は禁物にござる」

陣内嘉右衛門がその場の空気を引き締め直した。そして、藤之助を見ると、

「座光寺どの、ハリス総領事とヒュースケン通詞を無事に中村御役所に送り届けてほしいのだ」

日米和親条約の修補条約、平たく下田協約と呼ばれる条約の調印式は、下田奉行所で行われることになっていた。

「陣内様、陸路駕籠《かご》にて参られますか。それとも稲生《いのう》沢川《ざわがわ》を利用して船で参られますか」

藤之助の問いを玲奈が英語に通詞してハリスとヒュースケンにも伝えた。ハリスが何事か叫ぶようにいった。

「駕籠に押し込められて死ぬのはご免だそうよ。馬で行くと主張しているわ」

「総領事館の馬二頭を警護する馬が下田にはおらぬな」

「やはり船で行くのが一番安全な策かと存じます」

藤之助の言葉が通詞されるとハリスが何事か告げた。

「船でもよいけど警護の長《おさ》は藤之助、あなたが務めることを望んでいるわ」

「それは構わぬ。座光寺藤之助どのの職掌はなにしろ軍艦操練所異人応接掛じゃからな」

と陣内が請合《うけあ》った。

藤之助はハリス総領事を運ぶ船としてライスケン号の短艇を借り受け、短艇には藤之助と吟味方与力の堂本早次郎ら三人が護衛方として乗り組むことにした。そして、短艇の前後左右を下田奉行の御用船で固め、柿崎の浜から下田奉行所に向かって出船したのは五つ半（午前九時）であった。

一方、溜間詰派の帆船も小舟も未だ下田湾口にいて、ライスケン号と睨み合っていた。そのために動きが取れず、正装したハリス総領事らを乗せた短艇は櫂《かい》を揃えて下田湾を横切り、稲生沢川を遡《さかのぼ》っていった。

むろん下田湊に待機していた列強各国の全権らも船を連ねてその後に従い、異人を乗せた船の列が長く続いた。

無事にハリス総領事を調印式の場まで送り届けた藤之助が奉行所の前庭に出てくると、堂本早次郎が話しかけた。

「鬼神の活躍と申さばよいか、座光寺様、ご苦労にござった」

「いえ、お手前方の気の遣いよう感服仕《つかまつ》った」

と二人は互いの活躍を讃え合った。

九条からなる下田協約は、和暦安政四巳年《みどし》五月二十六日、グレゴリオ暦一八五七年六月十七日に調印された。

前条は、

「帝国日本において、亜米利加合衆国人民と交わりを、猶《なお》所置せむために、全権下田奉行井上信濃守、中村出羽守《でわのかみ》と、合衆国の全権特命総領事《コンシュル・ゼナラール・エキセルレンシー》タウンゼント・ハリスと、各政府の全権をもって、可否を評議し、約定する条々左の如《ごと》し」

というものだ。

下田協約調印の場でも、ハリスは最後まで亜米利加大統領の親書を将軍家定《いえさだ》に直《じか》に手渡すことと、日本との通商条約の道を開く約束を下田奉行側に迫った。

だが、井上も中村時万も必死に抵抗し、言質《げんち》をハリスに与えなかった。

この知らせは溜間詰派の帆船にも伝えた者があったようで、帆船は一先《ひとま》ず下田湊から姿を消した。

この夕刻、万灯の明かりを点《とも》したライスケン号が下田湊の船着場付近まで入ってきて碇《いかり》を下ろした。すると下田奉行、ハリス総領事、下田湊に待機していた列強各国の外交団がライスケン号に乗り移り、下田協約の調印の祝賀の宴《うたげ》が催された。

宴の華は黒いドレス姿の高島玲奈だった。そのかたわらには着物姿の文乃がいた。

こちらは初めての宴に戸惑い気味だ。

藤之助は宴には列席せず、ライスケン号に侵入するかもしれぬ刺客のことを考えて、古舘光忠ら三名を手元において警護方に艦内を回らせ、自らはリー艦長の許しを得て船橋から見張っていた。

宴の場では、ライスケン号の軍楽隊が異国の調べを奏し、祝宴を盛り上げた。

ハリス総領事の苦虫を噛《か》み潰したような顔と、なんとか家定謁見《えっけん》の約定を先送りした井上と中村の二奉行の満面の笑みを浮かべた表情が対照的に見られた。

素人外交官タウンゼント・ハリスにとって十ヵ月におよぶ外交交渉は、

「めでたくもありめでたくもなし」

失点こそなかったが明確な得点を記録することも出来ず、ほろ苦いものとなった。

そのハリスが玲奈と陣内嘉右衛門を相手に何事か話し合っていた。

「藤之助様、異状はございませぬ」

と古舘光忠が船橋に姿を見せた。

「ご苦労である」

と労《ねぎら》うと、

「光忠、どうだ。外交交渉の場を直に見た感想は」

「井の中の蛙《かわず》大海を知らずとはまさにこの古舘光忠のことにございました。藤之助様が山吹《やまぶき》陣屋に参られ、異国との差について話されましたが、私は下田に参ってようやく気付かされました」

「それはこの藤之助とて同じことよ。長崎を知らねば、この徳川家が治める国の外でなにが起こっておるかなど分からぬままであったろう」

「異国と対等に付き合うとは難儀なものにございますね」

「互いが国益を守るためにどちらも必死だ。なにしろわれらは異国と付き合うことをこのような実戦の場で一つひとつ学んでおる最中だ。そのことに目を瞑《つむ》っておると、溜間詰派のような暴挙に出ることになる」

「トウノスケ」

宴の場からバッテン卿の声がした。振り向くとバッテン卿らが手招きしていた。

藤之助が鉄の階段を下りると黒のドレスの玲奈が迎え、

「藤之助、踊り《ダンス》に誘われたわ」

と藤之助の耳に囁いた。

「付き合ってやればよかろう」

「最初と最後のダンスは、亭主どのと決めているの」

「踊りなど知らぬぞ」

「上海《シャンハイ》の夜会で見たわね、私が導くとおりに動けば踊れるわ。なにしろうちの亭主どのは剣の達人ですもの」

と言った玲奈が藤之助の腕をとった。すると軍楽隊が軽やかな調べを演奏し始め、玲奈にリードされた藤之助がゆるやかに旋回しながら、宴の真ん中に入っていった。

文乃は玲奈の神々しいまでの美しさと堂々とした態度に、

(藤之助様にふさわしいお方)

とあらためて考えていた。

四

稲生沢川沿いに下田街道が天城峠《あまぎとうげ》へとうねうねと延びていた。峰山《みねやま》峠を越えると流れにぶつかった。天城峠下から流れ出てくる河津《かわづ》川だ。

河津川の上流に河津七滝《ななだる》と称される滝があって、下田でも知られていた。滝を滝《たる》とよぶのはこの界隈《かいわい》の方言で、

「垂れる」

という言葉が滝と重なってのことだという。

日米の修補条約（下田協約）が締結されて下田の湊から外国船が去り、町は落ち着きを取り戻した。

藤之助はヒュースケンから遠乗りに誘われたのを幸いに、玲奈、文乃、古舘光忠ら三人の家来を伴い、飲み物食べ物を背に積んだ荷馬を馬方に引かせて河津七滝まで川遊びに出かけた。

季節は陰暦五月下旬、夏の盛りであった。

下田を早朝七つ（午前四時）に出た一行は、ヒュースケン、藤之助、玲奈が馬に乗り、荷馬と徒歩の古舘らの後になり先になりして乗馬を楽しんだ。

藤之助は時に文乃を鞍の後ろに乗せて、玲奈とヒュースケンの早駆けに付き合った。

河津川を上りつめて七滝に到着したのはお昼時分だ。

七滝でも一番大きな大滝《おおだる》の滝壺《たきつぼ》を見下ろす岩場に敷物を広げた一行は持参の葡萄《ぶどう》酒《しゅ》、サンドイッチ、握り飯などの昼餉《ひるげ》を楽しんだ。

下田の町を下田協約の外交交渉の重苦しい空気の代わりに夏の暑さが支配していた。だが、岩場には高さ百尺から流れ落ちる瀑風が吹き寄せて涼へと誘ってくれた。

「玲奈様、皆様とお別れするなんて急に寂しくなります」

文乃が玲奈に話しかけた。

新造帆船クンチ号に積んできた二千五百挺のミニエー銃と銃弾を東国大名家に売り渡す航海に玲奈らは出ることになっていた。

一方、文乃も陣内嘉右衛門が乗船してきた幕府御用船に同乗させてもらい、江戸に向かい、下田を去ることが決まっていた。

藤之助主従は下田に残り、タウンゼント・ハリス総領事が情熱を燃やす将軍家定への謁見と、亜米利加大統領の親書捧呈実現の推移を見守ることにした。

陣内嘉右衛門と話し合ってのことだ。

下田で出会った若い世代がいったんばらばらに分かれるというので企画された河津七滝への川遊びだった。

「文乃さん、またどこかで会えるわ」

玲奈のほうは藤之助に上体を寄り掛からせたまま、ぎやまんの酒器を手にさばさばとしたものだ。

滝の真上から降り注ぐ強い日差しに赤葡萄酒《チンタ》がきらきらと輝いた。

「藤之助様とお別れするのは寂しくありませんか」

「それは寂しいけど」

顔を藤之助に向けた玲奈が機敏に上体を起こすと、藤之助に口付けした。

もはや文乃らも玲奈の大胆な行為に慣れていた。なにより玲奈の行動はすべてがおおっぴらでどこにも嫌らしさが感じられなかった。

「どう、私と別れて寂しい」

「むろん寂しいな」

「寂しいだけ」

「まあ、落ち着いた気持ちを取り戻そうな」

玲奈が日本語の分からないヒュースケンに藤之助の答えを通訳すると、ヒュースケンが驚きの表情で藤之助を見た。

「淑女に向かって別れると落ち着いた気持ちを取り戻すなんてひどい言い方とヒュースケンが怒っているわ」

「玲奈、そう申すな。そなた一人との付き合いに専念できればよいが、それがしの身辺は多忙を極めておるのだ。あれこれと気が散っては玲奈との付き合いにも集中できぬわ」

「気持ちは分かるけど」

玲奈がまた藤之助の唇を奪い、

「藤之助、ヒュースケンが退屈しているわ。天城峠まで遠乗りにでかけない」

と誘った。

藤之助は残される光忠らを見た。

「われらは大丈夫にございます。しばし滝の傍《そば》で昼寝でも致します」

玲奈がヒュースケンに遠乗りを伝え、ヒュースケンが嬉《うれ》しそうに立ち上がって鞭《むち》を握った。藤之助ら三人が馬で出かけ、残された四人の男女に焦慮《しょうりょ》とも寂寥《せきりょう》ともつかぬ感情が襲った。

「藤之助様の前では申し上げられなかったが、おれの頭は混乱をきたしておる」

と田神助太郎が呟いた。その声音には激動の時代をどう受け止めればいいか、迷いと戸惑いが重くあった。

「おぬしの気持ちが推量つかぬではない」

古舘光忠が応じた。光忠の吐息は弱音ではない。座光寺一族の長《おさ》、藤之助の腹心として十分に助力できない苛立ちであった。

「われら、伊那谷を出たのは何年も前のような気が致すが未だ一月《ひとつき》すら時は流れておらぬ。その間に数え切れないほどの体験があった。どれもこれも初めてのものばかり、これほど多くの異人を見たこともない」

光忠は、最後に大きな息を吐いた。

「われらは言葉も分からずまるで赤子以下だ。なんとも情けない」

「申されるな」

光忠の言葉に助太郎が応じ、

「慣れるであろうか」

と内村猪ノ助がぼそりと洩らした。その呟きには異国のライフル銃の操作への不安と期待が綯《な》い交《ま》ぜにあった。

「慣れねば時代に取り残される」

座光寺一族の若い三人の悩みは尽きない。

「文乃はどうだ」

光忠が矛先を転じた。

文乃は岩場に広げられた敷物の上に置かれたぎゃまんの器を手に取った。飲み止《さ》しの赤葡萄酒《チンタ》が酒器の中で揺れた。

「玲奈様やヒュースケン様と対等の付き合いができる藤之助様にも、長崎に参られた当初は戸惑いがあったと思います。でも、藤之助様は自分の使命と己《おのれ》に言い聞かせて、面《おもて》には出さないように努めておられるのではございますまいか。私だって玲奈様のように自由に振る舞えればどのように楽しかろうと思います」

三人の若者が頷いた。

「慣れるしかないか」

光忠が自らに言い聞かせるように呟く。

「古舘様、何事も最初が肝心、無理は禁物にございます」

「藤之助様を見習うて楽しむことを覚えねばならんな。それにはまず異国の言葉を解さねばならぬ」

光忠が言い切った。

「藤之助様は言葉を理解されておらぬぞ。じゃが、平然としておられる」

助太郎が話をそこに戻した。

「器が大きいのだ、助太郎」

と光忠が応じ、

「それに藤之助様には玲奈様がおられることが大きいぞ。あのお二人はなんとも仲がよい」

と首を傾げた。

長崎で藤之助と玲奈は祝言《しゅうげん》を上げて、夫婦《めおと》であることを承知なのは文乃だけだ。

「あのお二人ほど息があった男女を見たこともないな」

と助太郎が呟き、

「そう、格別の間柄じゃぞ」

と光忠が自らに言い聞かせるように応じて、ごろりと岩の上に寝転がった。

「助太郎ではないがそれがしの頭も混乱をきたしておる」

「古舘光忠様、涼風に吹かれて昼寝をなさいまし。さすれば気分もさっぱりなされましょう」

「そうだな、なにも考えずに眠るか」

光忠が最初に目を瞑《つむ》り、おれもおれもと助太郎と猪ノ助も岩場の上に仰向けに寝た。

「文乃さんもこうして寝てみぬか。気持がいいぞ」

助太郎が言いかけた。

「玲奈様なれば眠りたいときに横になられ、口付けしたいときには迷うことなく口付けなされましょうな」

「それでいて一つひとつの仕草に気品があるぞ。あれは育ちか」

と猪ノ助が言う。

「玲奈様のご実家の高島家は長崎でも有数の分限者《ぶげんしゃ》、長崎町年寄の家系にございますそうな。きっとご両親の躾《しつけ》がよかったのだと思います」

文乃だけは、玲奈の父親が異人であることを知っていた。だが、そのことを三人の前でことさら口にすることはなかった。

「ともあれだ、おれは異国の言葉を学ぶ」

光忠が宣告するように言うと寝息を立て始めた。

文乃は三人の若者が眠りに落ちたのを見て、岩場から下りた。

岩場の下では下田から一緒にきた荷馬が岸の立ち木につながれて、馬方が煙管《キセル》で煙草《たばこ》を吸っていた。その安い刻み煙草の匂いが大滝の水飛沫の中に漂い流れていった。

この夜、一行は七滝を下った湯ケ野村《ゆのむら》に泊まる手筈《てはず》になっていた。そして、明後日《あさって》には玲奈も文乃も下田を去り、自分の暮らしに戻っていくのだ。

文乃はまず座光寺家の奉公を辞し、後藤松籟庵《ごとうしょうらいあん》の駿太郎《しゅんたろう》と夫婦になる仕度《したく》を始めることになるだろう。此度の旅で座光寺家の所領地の山吹陣屋を見た。そして、思いがけなくも下田に立ち寄り、異人と幕府の外交交渉の混乱の模様を見物できた。この二つのことが今後の、

「文乃の生き方」

に影響してくるのかどうか。とくと考えねばなるまいと文乃は自分に言い聞かせて

いた。

そして、今一つ文乃の心中に藤之助との別れがあった。これからも藤之助と会う機会はあるであろう。だが、それは男女の思慕を捨てての付き合いに他ならなかった。

文乃はその想いを断ち切ると、大滝の滝壺から流れ出る水で手足を洗った。流れには下田から持参した真桑瓜《まくわうり》が冷やされていた。

岩場に戻ると古舘光忠ら三人が競い合うように鼾《いびき》を掻《か》いて眠り込んでいた。三人の若者にとっても心身をくたくたに疲れさせるほどの下田体験であったのだろう。

文乃はその傍らに腰を下ろすと、ぎゃまんの器に残った赤葡萄酒の上に戦《そよ》ぐ木漏《こも》れ日《び》を見た。光が風に揺れると赤い酒がきらきらと煌《きら》めいた。そして、岩場に赤い光を映した。

（これが異国だわ）

文乃の実家は鎧《よろい》兜《かぶと》刀剣などを扱う武具商だ。そして、所帯をもつことになる後藤松籟庵は茶道具の老舗《しにせ》だ。

新しい時代の到来に武具商や茶道具の商いはどうなるのか。江戸に戻ったら駿太郎とゆっくり話し合おうと文乃は考えた。

時がゆるゆると流れていき、大滝に差し込む光が少しずつ弱くなっていった。

文乃がふと河原に視線を転じると、流れの縁《ふち》に武芸者が立っていた。

山吹陣屋で会った武芸者の陽炎源水高晃《かげろうげんすいたかあき》だ。

陽炎は菊池《きくち》槍《やり》を河原に突き立て、被《かぶ》っていた菅笠《すげがさ》を外すと顔の汗を流れで洗った。

そして、流れの中に足を浸《ひた》すと菊池槍の穂先で真桑瓜を無造作に突き差して手に掴み、かぶりついた。

百尺の音が大滝の滝壺付近に響いて他の音が消されているせいか、陽炎の行動はどこか物憂《ものう》く文乃には感じられた。

「陽炎様と申されましたな」

文乃の呼びかけに陽炎が顔を向けた。口元から真桑瓜の果汁が垂れた。それを拳《こぶし》で拭《ぬぐ》うと、

「いかにも陽炎源水高晃にござる」

と答えた。

「主どのを討ち果たしに参られましたか」

いかにも、と答えた陽炎が流れの縁に立ち上がった。

「そなた様にはご無理にございます」

「下田湊での働き、見た」

「ならば得心なされませ」

「そうもいかぬわ」

「なぜでございますな」

「約定《やくじょう》は果たさねばならぬ。仕事とはそのようなものだ」

「異人がこの国を狙っております。斬った張ったはもう古うございます」

「武芸者の一念は時代の流れとは無縁なものでな」

古舘光忠が目を覚まし、

「藤之助様方、戻ってこられたか」

と呟いた。

「いえ、藤之助様を殺しに見えたお方にございます」

「なにっ」

と光忠の目が文乃の視線を辿《たど》って陽炎源水高晃にいった。

「座光寺藤之助が戻ってくる前にそなたらを始末しておこうか」

流れの縁に立つ陽炎の手から食べかけの真桑瓜が流れに投げ捨てられ、岸辺に転がされていた菊池槍を片手で摑むと、すたすたと岩場に歩み寄った。

「起きよ、助太郎、猪ノ助」

光忠が叫び、眠り込んでいた二人が慌《あわ》てて目を覚ました。

「何事か」

光忠の視線の先に目を止めた二人が、

「何奴か」

「藤之助様を狙う刺客じゃぞ」

なにっ、と助太郎と猪ノ助が刀を取り上げ、岩場に立ち上がった。

陽炎が菊池槍を取り上げ、最後に立ち上がった古舘光忠に穂先の狙いを定めた。手が大きく後ろに引かれた。

菊池槍は飛び道具として陽炎は使ってきたのか、馴れた動作だった。

岩場に立つ光忠には左右に助太郎と猪ノ助がいる上、文乃もいて、投げられる菊池槍を飛び避ける余裕がなかった。

唇を噛んだ。

「死ね」

陽炎源水が非情の宣告をなし、引かれていた腕が前へと突き出されて菊池槍が虚空に放たれようとした。

その瞬間、大滝に銃声が木霊《こだま》した。

ずーん！

陽炎の手を離れた菊池槍の穂先が木端微塵《こっぱみじん》に砕け散った。

文乃が銃声がした山の斜面を見上げると鞍に跨った玲奈がスペンサー・ライフル銃を構えていた。

馬蹄《ばてい》の音が響いて、大滝に馬に乗った藤之助が駆け込んでくると、
ひらり
と河原に飛び降りた。

「陽炎源水高晃、待たせたか」

「おのれ」

と罵《ののし》り声を上げた陽炎が手に残っていた菊池槍の柄を流れに投げ捨てた。そして、塗りが剝《は》げた鞘から刀を抜いた。

「心形《しんぎょう》 刀流《とうりゅう》、拝見仕る」

「信濃一傳流、存分に遣《つこ》うてみよ」

陽炎源水は顔の前に刀の柄《つか》を立てて、刃《やいば》を虚空に向けた。

藤之助は頷くと藤源次助真を光に差し出すようにそろりと抜いた。

陽炎は流れを背にしていた。

藤之助のほうから間合いを一間に詰めると正眼においた。

大滝に二頭の馬が駆け込んできた。ヒュースケンと玲奈の馬だった。だが、対決する二人はもはや外界の動きに関心はなかった。

陽炎源水は天竜河原で飛び跳ねていた信濃一傳流の剣風とは異なる、

「静なる構え」

を考えていた。

（なぜ得意を捨てたか）

その瞬間、迷いが生じた。

陽炎は岸辺に沿って下流へと蟹《かに》の横這《よこば》いで走り出した。相手の構えを崩そうとしてのことだ。

藤之助も従った。だが、不動の時も体を移動させる時も藤之助の五体に隙《すき》は見出せなかった。

半丁ほど下った陽炎は流れの中に足を入れていた。それに対して藤之助は岸辺を走っていた。

藤之助はただ、

「無」

の境地に没入して、陽炎源水の動きに合わせていた。

陽炎が流れの中で停止した。そして、今度は上流に、大滝の滝壺に向かって戻っていった。藤之助はただ従った。

間合い一間は計ったように変わりない。

陽炎の走りに水飛沫が上がって光に煌めいた。

大滝の上に白い雲がかかり、それが西に傾いた光を遮《さえぎ》った。そのせいで影がゆっくりと大滝の上を通り過ぎた。

光が戻ってきた。

二人は再び真桑瓜が浸された岩場の下に戻ってきた。

陽炎源水が走りを止めた。流れを走った分、足の動きが重くなっていた。立てた刃の物打ちに、

きらり

と光が反射した。

その瞬間、陽炎の体が倒れ込むように流れから岸辺に、藤之助に向かって突進した。

藤之助は、ただ待った。

刃《やいば》が不動の藤之助の額《ひたい》に落ちてきたとき、不思議なことが起こった。
そよ
と藤之助が雪崩《なだ》れくる刃を見つつ、刃の内側に回り込んだのだ。それは涼風が吹くような動きで行われ、次の瞬間、正眼の助真が、
ぱあっ
と翻《ひるがえ》った。そして、虚空を斬った刃を手元に引き寄せようとした陽炎の項《うなじ》から首筋を存分に断ち斬っていた。
流れの中を往復した足の鈍りを勘案した藤之助の動きだった。
ゆらり
陽炎源水の体が河津七滝の河原に前のめりに倒れ込もうとした。必死で上体を立てたが腰がふらついた。よろよろと後退《あとずさ》りした陽炎の足が流れに突っ込まれ、後ろ向きに蹴れ込んでいった。すると冷やされた真桑瓜が下流へと流れ始めた。その後を追うように陽炎の体がぷかりぷかりと移動していった。
そのとき、大滝に燃えるような夕暮れの残照が差し込み、死の光景を赤く浮かび上がらせた。

解説

菊池　仁

なにしろ早い。刊行ペースのことである。作者にとって「交代寄合伊那衆異聞」は二〇〇五年七月にスタートした現時点では最後発のシリーズだが、本書『難航』で早くも第十巻目の大台に乗ることになる。先発の「密命」、「影二郎始末旅」、「居眠り磐音江戸双紙」などのシリーズが、順調に巻数を重ねていることを考えると驚異的なペースと言える。

実は、本シリーズを第一巻から読み直してみてあらためて気付いたことがある。それはこの刊行ペースにこそ〝文庫書下ろし〟がブームとも言える大きなうねりとなっていた理由のひとつがあるということである。これは何も作者だけのことではない。

現在の〝文庫書下ろし〟を支えている鳥羽亮、黒崎裕一郎、鈴木英治、風野真知雄、井川香四郎、吉田雄亮、上田秀人といった人気作家についても言えることである。

過去に時代小説がブームとなって時代を席巻したことが二度ある。一度目は昭和初期（一九二〇年代後半）で、この時期、政治・経済・外交の全体を通じ、行き詰まりが顕在化し、時代は重苦しい空気に支配されていた。その重苦しい空気を斬り払うように、大佛次郎『赤穂浪士』の堀田隼人、土師清二『砂絵呪縛』の森尾重四郎、林不忘『新版大岡政談』の丹下左膳など、ニヒル型の剣豪たちが、次々と登場した。留意すべきはこれらの作品が原作発表後まもなく映画化されていることである。つまり、映画とのコラボレーションにより、人気が増幅し、大衆の圧倒的支持をとりつけたのである。

第二のうねりは昭和三十年代（一九六〇年代）の剣豪小説ブームである。ブームの火つけ役は昭和二十八年に『喪神』で芥川賞を受賞した五味康祐である。遅れて柴田錬三郎が『江戸群盗伝』（昭和二十九年）をひっさげて登場。この両者が昭和三十一年（一九五六）二月に創刊された「週刊新潮」に、五味が『柳生武芸帳』、柴田が『眠狂四郎無頼控』の連載を開始し、ビジネスマンを中心に熱い支持を受けた。

両者の作品に登場するヒーローたちの孤影は、粉飾された戦後思想を背負わされ、高度成長という坂を登りながら、〝企業の論理〟と〝人間の論理〟の狭間で呻吟《しんぎん》していたビジネスマンが夢見た〝生きざま〟の表現であった。これが週刊誌という媒体特性もあって、ビジネスマンをピンポイントで狙い撃つことに成功したのである。

第三のうねりが現在の〝文庫書下ろし〟ブームである。時代小説の単行本が苦戦しているのにもかかわらず、〝文庫書下ろし〟は順調な売れ行きを示している。第一の理由は文庫のもつ安価、手軽といった利便性にあることは確かだ。第二の理由は書下ろしにある。書下ろしにすることで、新聞・雑誌連載、単行本といった従来の刊行サイクルでは考えられなかったスピード刊行が実現したのである。これによりシリーズという長尺ものでも読者の早く読みたいという欲求に応えられたのである。これは時代のニーズであり、本シリーズはその象徴的な存在と言える。冒頭で刊行スピードに触れたのはそのためである。

ただし、スピード刊行が読者に受け入れられるためには絶対的な条件がひとつある。面白くなければ駄目だということだ。要するにスピード刊行は本書がいかに読みごたえのある面白いシリーズか、ということの証《あかし》であるわけだ。

そこで本シリーズの面白さについて私見をまじえながら述べておきたい。前作『御暇《おいとま》』まで読んでわかったことがある。物語が佳境に入り、作者が本シリーズで何を描きたかったか、その輪郭が見えてきたのだ。
まず、次の発言に注目して欲しい。

《藤之助《とうのすけ》は彼らとどこかですれ違うのか、深く関わるのか。史実と密接に絡みあっているシリーズといえば、ぼくのなかでは「交代寄合」なんだけど、あんまり計算してなくて成り行きです（笑）。
開国前に上海に渡り、租界の社交界にもデビューしてしまう。歴史とは別の虚構の中の話だからできることなんだけれど、そういう日本人がいてもいいと思いますし、実際いたとも思うんです。もともと徳川以前には東南アジアには日本人町ができていたわけだし、長崎からみれば、上海は江戸よりもはるかに近い。距離だけでなく、心理的にも。小説はひょっとしたらそんなことがあってもいいかな、ということを考えて設定しました。》

（「IN★POCKET」二〇〇八年十二月号）

この発言は主人公・座光寺《ざこうじ》藤之助が「坂本龍馬や高杉晋作と出会うのか、とても気になります」という質問に対する作者の答なのだが、この中に本シリーズの特徴が込められている。いわば〝小説作法〟といったものである。時代小説を定義すれば、「歴史の〝場〟を借りて、男たちや女たちの生きる姿勢を描いたもの」となる。この場合、歴史の〝場〟を借りるという点に重要な意味が含まれている。歴史の〝場〟を借りることにより、主人公がより自由な舞台を与えられ、ダイナミックな生き方が可能になるからだ。作家側から見れば、既成の枠にとらわれない自由な発想で展開が可能となる。さらに言えば、権力者によって書かれた〝歴史〟を無名の個人も参画できるものと位置付け、変革の可能性をはらむものとして、捉え直すことも可能なのである。そこに時代小説特有の面白さが生まれる。作者はこのことについて言及しているのである。

この発言の背後には、史実と密接に絡みあっていながらも、そこに虚構を構築できる歴史の〝場〟として、もっともふさわしいのが〝幕末〟である、という認識がある。それは次の発言を読むとよくわかる。

《この十二月に第二巻の『雷鳴』が出る「交代寄合伊那衆異聞」が、いちばん新しいシリーズですが、シリーズを通してきた流れと、その巻での流れとが縒《よ》り合わさって少しずつ少しずつ物語が動いていくだろうと思います。ほかのシリーズのように。

　この物語は、巻を追うごとに幕末という激動の時代に否応なく入っていきます。そんなことあり得るかというエピソードもときに交えながら、基本的には貧乏な旗本の視点で、大きな時代のうねりも描いていければいいなと思っています。下級の家臣から当主になった藤之助もまだ若いですからね、ゆっくりと成長させていければいいんです。

　小説ですからもちろん虚構の産物なんですが、時代小説の場合、この時代にこういう出来事はあったという事実は歴然とあります。「交代寄合」の場合は、安政《あんせい》の大地震から始まりますが、そこは押さえておきます。その時代の町並みもあります。その中で勝手にこちらで創造した人間をあれこれ動かそうとしていくうちに、どこかでひとりでに歩き出す瞬間が訪れる、そんな気がしています。》

（「IN★POCKET」二〇〇五年十二月号）

　この文脈には人気シリーズを多く手がけ、〝文庫書下ろし〟というスタイルにこだわり続ける作者だけがもてる〝小説作法〟への自信を裏付けに、満を持しての挑戦であったことを読みとれる。

それは第一巻『変化《へんげ》』に如実に現われている。あらためて戯作者としての力量に驚嘆させられた。例えば、物語は安政の大地震で幕を開けるわけだが、この幕府を覆《おお》う不安がシリーズを貫く主調音となっている。ところが、いざ物語をひも解くと直参《じきさん》旗本の御家騒動が主内容で、激動の幕末といった雰囲気は希薄である。おやと肩すかしを食ったような気持になったところに、とんでもない〝地雷〟が埋め込まれていた。それが「首斬安堵《くびきりあんど》」のエピソードである。作者の狙いは伝奇的手法を駆使した〝幕末もの〟にあったのだ。〝人物伝記もの〟の色彩がどうしても濃くなる〝幕末もの〟に風穴をあけたのである。

〝伝奇もの〟が時代小説の中でも高い、根強い人気を誇ってきたのはヒーロー小説だからである。ヒーロー小説とは時代の制約の中で自由な魂をもった主人公が、理不尽な権力とどう闘ったかを描いたものである。言葉を換えればヒーローを造形することにより〝歴史〟に風穴をあけ、権力者の作った〝歴史〟とは違う、あったかもしれないもうひとつの〝歴史〟の可能性を示したもの、と言えよう。

作者はそのためにヒーロー（本宮《ほんぐう》藤之助）の人物造形に緻密《ちみつ》な工夫を凝《こ》らしている。具体的に説明しよう。藤之助は直参旗本の家臣で、交代寄合伊那衆である。この身分設定の狙いは、崩壊していく幕府を背負《しょ》いこむ制約と動き回る自由な身分という二重構造をもたせるところにある。制約の象徴が「首斬安堵」で、これが幕末のような動乱期にはもっとも大切な大義と使命感のモチーフとなり、ヒーローの魅力を増幅している。

次に、二十一歳という年齢設定だが、この狙いは成長小説にある。我々が無意識のうちに享受している近代は、幕末に志半ばで倒れていったおびただしい若者たちの呻《うめ》きの上に築かれている。作者は彼らが見ただろう夢、つまり、歴史への参画と変革の可能性をヒーローの成長のプロセスに託したのである。ここに志をもちながらも不遇の時代を余儀なくされた作者のヒーローを造形する際のエッセンスを見ることができる。次の言葉はそれをさりげなく語ったものとして理解できる。

《それでも、ぼくが書き続ける意味があるとすると、今の社会状況の中で苦しんでいる人たち、ぼくと同世代のサラリーマン諸氏、あるいはキャリアともてはやされながら、ものすごいプレッシャーに押しつぶされそうになってる女性の人たちだとかが、出張帰りの新幹線の中で読んでくれるとき、その間だけでもいやなことを忘れて楽しんでほしいという気持ちが強くありますね。だからぼくの小説は、現代から書いている時代小説と思っています。史実に基づいて大人物を書い

ていくのは、あまり興味ないです。》

（「IN★POCKET」二〇〇五年十二月号）

先に、「『御暇』まで読んでわかったことがある」と書いた。つまり、シリーズを成長小説と捉えると、十巻目にあたる本書の位置付けが明確になる、ということを言いたかったのである。第一巻『変化』を発端として、第九巻『御暇』までが藤之助の成長の第一ステージとなり、全体の構成からは第一部となる。

作者は第一ステージで〝剣（武器）〟と〝新知識〟の重要性を藤之助に悟らせるためのエピソードに筆を費やしている。ここに幕末という動乱期を見据《みす》えた作者の歴史観をうかがうことができる。例えば千葉周作の最後の弟子になるという設定は、〝剣〟のもつ意味を悟らせるためのものである。この背景には当時の町道場が維新のスペシャリストの養成所であった、という歴史的事実がある。同様に江川《えがわ》太郎左衛門《たろうざえもん》英敏《ひでとし》や勝海舟《かつかいしゅう》の登場は、時代を拓くのが〝新知識〟であることを知らしめるための設定と言える。著名な人物の栄養を吸収することで主人公の成長をうながしていく手法である。

本書の次のふたつの会話がそれを証明している。

《「長崎は戦場にございましたか」

「いや、戦前夜《いくさ》、すでに戦いの場は諸処に見られた」

「その戦とは刀槍とは異なりましょうな」

「いかにも。連発銃や長距離砲が主力の戦であった」

「剣はすでに時代に取り残された遺物にございますか」

「朝和《あさたか》、それがし、そうは感じなかった。剣は砲艦重火器の時代にも生き残るとみた」

「連発銃に剣が敵《かな》いまするか」

「そうではない。巨大な砲艦を動かし、大砲を発射するのは人間の意志と力と技である。刀槍で砲艦に立ち向かうことは出来ぬが、砲艦を動かし、大砲を発射する意志を練り上げるには剣の修業がなによりと考えた。剣は大砲の時代にあってますますその重要度を増す。それがしが伊那谷に戻って参った理由の一つよ」》

《「自走式の砲艦に搭載された大砲の威力は江戸城の石垣をも数発で破壊しよう。われらが戦うやも知れぬ敵の軍事力だ」

藤之助は上海《シャンハイ》の実情をつぶさに語り、清《しん》国が陥《おちい》った苦境を告げた。

「われらが取るべき道は間違《まちご》うておりましたか」

「徳川幕府が異国の動静に目を瞑《つむ》り、耳を塞《ふさ》いできた二百五十余年のツケが今、回り回ってわれらの上に降りかかっておる」

「どう致さば宜《よろ》しゅうございますな、為清様」

「軍事力、科学力、商いの規模、医学、すべての面において彼我《ひが》の差は歴然としておる。それを黒船来航で見せ付けられたはずの幕閣の中では未だそのことを認めようとなさらぬ方々が大半を占めておられる。それがしは長崎を見て、確信致した。彼我の差を埋めるためにわれらは臥薪嘗胆《がしんしょうたん》してこれまでの何倍もの努力を為《な》さねばならぬ」》

ここに〝剣〟と〝新知識〟の重要性を悟った藤之助の学習成果を見てとることができる。我々はひと回りもふた回りも大きくなった藤之助と出会うことになる。

実は、もうひとつ作者ならではの工夫がある。〝剣〟と〝新知識〟の重要性を裏付けるために、作者は〝長崎〟と〝上海〟を藤之助の活躍の舞台として用意したことだ。これは幕末という動乱期の〝現場〟を藤之助に体験させるためである。と同時に

〝長崎〟と〝上海〟が舞台として登場することで、読者側も幕末という時代をライブ感をもって堪能《たんのう》できる仕組みとなる。うまい仕掛けと言えよう。

さらに、作者は本書で藤之助の飛翔を予感させる舞台として口米の思惑が交差する〝下田《しもだ》〟を用意した。第二部のスタートを飾る舞台としてこれ以上のものはあるまい。

《「朝和、それがし、長崎と上海を見てこの国を取り巻く状況はそなたが申した以上に険しいことを知った。徳川幕府の崩壊はそなたが考えるより何年も早く到来しよう。その折、藤之助為清と一族は、首斬安堵を実行致す。そして、秘命至らば第二の約定も果たす」

「はっ」

「同時に座光寺一族をどう生きながらえさせるか、思案を尽くす。じゃが、その思案が未《いま》だそれがしの頭の中で明瞭に結ばぬ」》

この会話こそシリーズが新たな段階に入ったことを知らせるものである。作者が史実を超えた物語をどう紡ぎ出してくれるか。西洋の血をひくヒロイン・高島玲奈《たかしまれいな》との交情は。楽しみは尽きない。

余談だが、本シリーズを読んでいて、開港直後の安政元年から慶応《けいおう》三年までの十三年間を題材とする壮大な意図のもとに昭和十六年（一九四一）に連載がスタートした貴司山治『維新前夜』を思い出した。主人公・千葉真葛は十三代将軍家定《いえさだ》の妹で、出生の秘密から千葉周作の養女となり、幕末の動乱を駆け抜けるという破天荒な物語である。残念ながら未完なのだが、実在した著名な歴史上の人物を栄養素として成長していく姿は圧巻であった。

この未完の大作に匹敵しうる破天荒でダイナミックな面白さに溢《あふ》れたシリーズと〝久々〟に出会えた。人気の高い「密命」や「居眠り磐音江戸双紙」とはひと味違った物語世界が本シリーズにはある。現代の戯作者として円熟味を増した証拠であろう。

本書は文庫書下ろし作品です

|著者|佐伯泰英　1942年福岡県生まれ。闘牛カメラマンとして海外で活躍後、国際冒険小説執筆を経て、'99年から時代小説に転向。迫力ある剣戟シーンや人情味ゆたかな庶民性を生かした作品を次々に発表し、平成の時代小説人気を牽引する作家に。文庫書下ろし作品のみで累計2000万部を突破する快挙を成し遂げる。「密命」「居眠り磐音江戸双紙」「吉原裏同心」「夏目影二郎始末旅」「古着屋総兵衛影始末」「鎌倉河岸捕物控」「酔いどれ小籐次留書」など各シリーズがある。講談社文庫では、『変化』『雷鳴』『風雲』『邪宗』『阿片』『攘夷』『上海』『黙契』『御暇』に続き、本書が「交代寄合伊那衆異聞」シリーズ第10弾。

難航《なんこう》　交代寄合伊那衆異聞《こうたいよりあいいなしゅういぶん》

佐伯泰英《さえきやすひで》

講談社文庫

定価はカバーに
表示してあります

2009年4月15日第1刷発行

発行者——鈴木　哲
発行所——株式会社　講談社
東京都文京区音羽2-12-21　〒112-8001

電話　出版部（03）5395-3510
　　　販売部（03）5395-5817
　　　業務部（03）5395-3615

Printed in Japan

デザイン—菊地信義
本文データ制作—講談社プリプレス管理部
印刷——大日本印刷株式会社
製本——大日本印刷株式会社

落丁本・乱丁本は購入書店名を明記のうえ、小社業務部あてにお送りください。送料は小社負担にてお取替えします。なお、この本の内容についてのお問い合わせは文庫出版部あてにお願いいたします。

ISBN978-4-06-276344-8

講談社文庫刊行の辞

二十一世紀の到来を目睫に望みながら、われわれはいま、人類史上かつて例を見ない巨大な転換期をむかえようとしている。

世界も、日本も、激動の予兆に対する期待とおののきを内に蔵して、未知の時代に歩み入ろうとしている。このときにあたり、創業の人野間清治の「ナショナル・エデュケイター」への志を現代に甦らせようと意図して、われわれはここに古今の文芸作品はいうまでもなく、ひろく人文・社会・自然の諸科学から東西の名著を網羅する、新しい綜合文庫の発刊を決意した。

激動の転換期はまた断絶の時代である。われわれは戦後二十五年間の出版文化のありかたへの深い反省をこめて、この断絶の時代にあえて人間的な持続を求めようとする。いたずらに浮薄な商業主義のあだ花を追い求めることなく、長期にわたって良書に生命をあたえようとつとめるところにしか、今後の出版文化の真の繁栄はあり得ないと信じるからである。

同時にわれわれはこの綜合文庫の刊行を通じて、人文・社会・自然の諸科学が、結局人間の学にほかならないことを立証しようと願っている。かつて知識とは、「汝自身を知る」ことにつきていた。現代社会の瑣末な情報の氾濫のなかから、力強い知識の源泉を掘り起し、技術文明のただなかに、生きた人間の姿を復活させること。それこそわれわれの切なる希求である。

われわれは権威に盲従せず、俗流に媚びることなく、渾然一体となって日本の「草の根」をかたちづくる若く新しい世代の人々に、心をこめてこの新しい綜合文庫をおくり届けたい。それは知識の泉であるとともに感受性のふるさとであり、もっとも有機的に組織され、社会に開かれた万人のための大学をめざしている。大方の支援と協力を衷心より切望してやまない。

一九七一年七月

野間省一